Lizzie Doron

Nur nicht zu den Löwen

LIZZIE DORON

NUR NICHT ZU DEN LÖWEN

Roman

Aus dem Hebräischen
von Markus Lemke

dtv

Das Motto stammt aus Peter Handke, Wunschloses Unglück.

Auf S. 75 f. wird aus dem Gedicht
Rejsele von Mordechai Gebirtig zitiert.

MIX
Papier | Fördert gute Waldnutzung
FSC® C083411

Die deutschsprachige Fassung des Romans
wurde mit der Autorin abgestimmt.

Gesetzt aus der Fairfield light
Satz: Fotosatz Amann, Memmingen
Druck und Bindung: CPI books GmbH, Leck
Printed in Germany · ISBN 978-3-423-28356-4

So erfuhr ich allmählich etwas von ihr.
Peter Handke, Wunschloses Unglück

00:30

odeliaor@gmail.com

Odelia Or, ich grüße Sie. Es wird Sie überraschen, diese Mail von mir zu bekommen. Aber bitte, tun Sie mir den Gefallen und lesen Sie, was ich Ihnen zu sagen habe.

Ich bin Rivi Greenfeld, die Alte, die immer am Fenster steht, das wissen Sie ja, aber wir kennen uns nicht wirklich. In den letzten sechs Jahren haben Sie, zusammen mit anderen, versucht, mich zu überzeugen, ich möge der Zerstörung meines Zuhauses zustimmen, »Räumung-Neubezug« heißt das Ganze, an die Einzelheiten des Plans kann ich mich nicht erinnern, aber soweit ich verstanden habe, stehen Sie an der Spitze der Korona, die mich dazu bringen will, den Plan zu billigen. Als Sie das erste Mal damit ankamen, habe ich Ihnen gesagt, ich hätte schon genug zerstört und keinen weiteren Bedarf an Zerstörung. Wenn ich mich richtig entsinne, rissen Sie damals ein Paar runde, braune (nebenbei bemerkt schöne) Augen auf und schienen etwas sagen zu wollen, aber da hatte ich die Tür schon zugemacht, bevor Sie sagen konnten, was Sie sagen wollten.

Nur, damit Sie es wissen, weniger als eine Minute danach habe ich die Tür wieder aufgemacht, um zu erklären, dass ich – zugegeben – nicht immer mit anderen Menschen synchronisiert bin.

Wie auch immer, ein paar Tage später habe ich kapiert, Sie organisieren da einen richtigen Feldzug, um Ihr Ziel zu erreichen. Ihr Freund Oded Tick ist dabei einer Ihrer treuesten Soldaten. Als er vor meiner Tür stand, habe ich gleich gecheckt, das ist einer von diesen Start-up-Mogulen, die sich wie Könige fühlen, und tatsächlich: Er bot mir an, meine Wohnung zum Doppelten des Marktpreises zu kaufen. Es dürfte Ihnen bekannt sein, ich habe auch ihm schlicht und ergreifend Nein gesagt und wollte schon die Tür schließen, doch er hat schnell seinen Fuß und gleich danach seinen Kopf reingeschoben.

»Für Ihre Zukunft«, sagte er.

»Meine Zukunft ist kurz«, antwortete ich.

»Aber Sie könnten sich noch Träume erfüllen, mit dem Geld, das Sie kriegen«, sagte er.

Ich sagte, ich hätte das meine ausgekostet, und dass er sich das Ganze abschminken könne.

Einige Monate danach, ich stand gerade am Fenster, sah ich Sie mit drei Männern auf meine Wohnung zumarschieren. Da wurde mir klar, dass Sie genauso versessen auf Stadterneuerung sind wie die Siedler auf jedes Fitzelchen unseres biblischen Landes. Und dass es Krieg geben würde. Ich beschloss, Sie auf die sanfte Tour zu besiegen, bat herein, bemühte mich, freundlich zu sein. In der Regel gelingt mir das nicht, ich gehöre zu denen, die im Zwischenmenschlichen ein bisschen zurückgeblieben sind, auf jeden Fall aber wollte ich mich erklären. Ich wollte, dass man versteht, dieser Ort ist nicht nur ein Zuhause, es ist eigentlich ein

Museum, oder, wenn Sie so wollen, eine Gedenkstätte für alles, was mir im Leben passiert ist. Und noch passieren wird. Sie senkten den Blick. Dieser Moment ist bei mir hängen geblieben, ich glaubte, ich hätte es geschafft, Sie davon zu überzeugen, die Sache sein zu lassen.

Entsprechend überrascht war ich, als vor zwei Jahren ein weiterer Kamerad Ihrer Brigade hier aufkreuzte, ein Joav oder Nimrod, nageln Sie mich auf den Namen nicht fest, Sie wissen sicher, von wem ich spreche. Auch da stand ich gerade am Fenster, und er sagte: »Hören Sie gut zu.«

»Ich höre gut zu«, erwiderte ich.

»Ich habe fünf Kinder und brauche mehr Platz, klar?!«

»Klar«, sagte ich.

»Sie verstehen?!«

»Sicher verstehe ich«, sagte ich. »Aber, was man meinen Eltern in Europa angetan hat, wird man mir hier ganz sicher nicht antun. Und Ihre fünf Kinder sind einzig und allein Ihr Problem.«

Sagen Sie, wie ertragen Sie solche Typen? Aber lassen wir das. Die Wahrheit ist, ich hatte diese Räumung-Neubezug-Geschichte schon ganz vergessen, immerhin waren inzwischen fast sechs Jahre vergangen, als wir vor einigen Monaten wieder an meinem Fenster zusammentrafen und Sie mir sagten, es hätten schon alle unterschrieben und nur ich würde die Realisierung des Projekts verzögern.

Ich war erfreut, die Verzögerin zu sein. Ich habe weiterhin geglaubt, es würde mir gelingen, den Abriss des Hauses und des ganzen Viertels von der Tagesordnung zu bekommen, doch vor drei Wochen habe ich in der WhatsApp-Nachbarschaftsgruppe gesehen, dass Ihr Projekt jetzt doch konkret wird. Ich fühlte mich in Bedrängnis, und obwohl ich insgeheim wusste, die Lage ist aussichtslos, füllte ich meinen Kopf mit Träumen und mein Herz mit Hoffnungen, betete, dass irgendetwas Ihren Plan noch durchkreuzen werde.

So habe ich bis zum heutigen Abend überlebt.

Und heute Abend, als ich das Klopfen an der Tür hörte, durch den Türspion spähte und Sie sah, war ich so erschrocken, dass ich die Tür nicht aufgemacht habe. Erst, nachdem Sie weg waren, habe ich den Umschlag von der Fußmatte aufgehoben. Ich habe sofort verstanden, dass es ein Räumungsbeschluss vom Gericht ist. Habe verstanden, dass es nicht mehr in meiner Hand liegt, mich und mein Zuhause zu retten, habe eingesehen, dass mein Widerstand ein bloßes Rückzugsgefecht war, dass ich wohl verloren habe und gezwungen sein werde, in die Ersatzwohnung zu ziehen, bis der Neubau fertig ist und ich, Ihnen zufolge, wieder herkommen kann. Dazu will ich Ihnen sagen, in meinem Alter weiß nur Gott allein, ob ich zurückkehren werde.

Rivi Greenfeld, die Nachbarin

verschickt

01:22

WhatsApp

Lieber Noah, verzeih die späte Stunde. Ich wollte dich nur informieren, heute Abend hat mich die Hiobsbotschaft erreicht: mir bleiben noch sechs Tage bis zum Abbruch des Hauses.

Noah, du hast leider recht behalten.

04:00
WhatsApp

Noah, ich entsinne mich, du hast mir vor vielen Jahren einmal gesagt, deine Wunde werde bis zum Tod nicht heilen. Und heute Nacht verstehe ich dich, heute Nacht weiß ich, dieses Zuhause wird bis zu meinem Tod bei mir sein, seine Zerstörung wird bis zu meinem letzten Atemzug eine schwärende Wunde bleiben, aber vor allem spüre ich, dass ich den Kampf aufnehmen muss. Du kennst mich, ich habe nie gekämpft oder etwas in die Waagschale geworfen, was einem Kampf gleichkommt, aber in den letzten Stunden bin ich zu dem Entschluss gekommen, diese Welt nicht stillschweigend zu verlassen.

Es reicht.

04:10
odeliaor@gmail.com

Junge Dame, diese Worte hier werden um vier Uhr morgens geschrieben. Wenn ich mich nicht irre, und das tue ich nicht, dann sind Sie vor sechs Jahren hergezogen, genau in der Woche, in der mein neues Leben beginnen sollte und ich den geruhsamen Tagen meiner Pensionierung entgegensah. Ich hatte bescheidene, nicht allzu weitreichende Pläne, wollte mein Leben in dem Haus beschließen, in dem es begonnen hatte, hoffte, in meiner Wohnung zu sterben, in meinem eigenen Bett. Und dann sind Sie aufgetaucht und sagten, Sie seien die neue Nachbarin und wollten versuchen, die anderen Bewohner zu überzeugen, beim Stadterneuerungsprogramm mitzumachen. Glauben Sie mir, bis heute Abend habe ich nicht geglaubt, Sie würden mit Ihrem unheilvollen Plan Erfolg haben, und als ich den Gerichtsbeschluss in den Händen hielt, sah ich das schwarze Loch des Todes vor mir. Ich verabscheue den Tod, die bloße Idee davon. Sie sind noch jung, der Tod belastet Sie noch nicht, genauso wenig wie Gedenktage und Sehnsuchtsanfälle nach Verstorbenen. Wenn ich über mich selbst nachdenke, ist es schwer zu verstehen, wie ich trotz allem von Zeit zu Zeit solche Lebenslustattacken habe. Aber das ist eine andere Geschichte.

Auf jeden Fall ist mir wichtig, dass Sie verstehen, ich habe mein ganzes Leben viele Ängste mit mir herumgeschleppt, und am meisten habe ich mich davor gefürchtet, irgendwann einmal vertrieben oder zu einem Flüchtling zu werden. Meine Eltern waren nämlich welche, und sie haben mich gelehrt, etwas vom Schicksal eines Flüchtlings zu verstehen. Und damit Sie es wissen, Ihre Freunde, die Sie mir ins Haus geschickt haben in der Hoffnung, ihnen würde gelingen, mich zur Aufgabe meiner Wohnung zu überreden, haben mich wahnsinnig gemacht. Wie sie sich vor mir aufgebaut haben. Sofort stand mir die gesamte jüdische Geschichte vor Augen.

Aber, ich will Ihnen auch sagen, ich bin kein Unmensch, trotz meines Schmerzes verstehe ich Sie und Ihre Freunde durchaus, verstehe, dieser Ort hat für euch keine Geschichte, ich bin mir dessen bewusst, dass all die netten jungen Damen und Herren heutzutage Renovierungen brauchen. Aber wir haben, tut mir leid, das zu sagen, hier nun mal einen

Interessenskonflikt. Ich gestehe, ich hatte gehofft, Sie und all diese jungen Leute, die Anbauten, Parkplätze und alle möglichen Extras wollen, besiegen zu können. Ich nehme an, aus Ihrer Sicht bin ich bloß ein Hindernis, und auch in diesen Momenten, da der anbrechende Tag nicht mehr fern ist, hoffe ich noch immer, es wird ein Wunder geschehen und euer Plan sich in Wohlgefallen auflösen.

Rivi

nicht verschickt

04:47

WhatsApp

Noah, ich konnte keinen Schlaf finden und habe die ganze Nacht mit Gott und der Welt abgerechnet. Und vor allem hab ich Odelia mit E-Mails bombardiert, auch wenn ich die letzte nicht abgeschickt habe. Noah, ich hatte das Gefühl, ich müsste das tun. Denkst du, ich bin wahnsinnig geworden?

Bye,

Rivi

Noch sechs Tage

08:09
odeliaor@gmail.com

Guten Morgen, Odelia. Irgendwie begreife ich inzwischen, dass ich Sie in der Sache mit dem Haus nicht wirklich werde besiegen können, aber mir ist dennoch wichtig, dass Sie und Ihre Freunde etwas über mich erfahren, dass Sie wissen, ich bin nicht nur die Alte am Fenster, auf deren Wünsche man keine Rücksicht zu nehmen braucht, weil sie (in Ihren Augen) schon nicht mehr zu diesem Ort und in diese Zeit gehört. Mir ist wichtig, dass Sie wissen, auch wenn ich von hier weggehe und nicht zurückkehre, ich und viele andere haben an diesem Ort ausgesät und gepflanzt, unser Herz und unsere Seele haben hier Wurzeln geschlagen. Deshalb habe ich mir heute Nacht geschworen, ich werde meine und unsere Geschichte nicht einfach so in Vergessenheit geraten lassen. Mir ist wichtig, dass Sie verstehen, von dem Augenblick, als Sie gestern gegangen sind, bis zu diesem Moment jetzt beherrscht mich der Gedanke, dass unsere Welt grausam ist, dass es keinen Ort und kein Mitleid gibt für eine ältere und vor allem einsame Frau. Ich möchte Ihnen sagen, ungeachtet meines Alters, das in Ihren Augen gewiss biblisch anmutet, denn so ist das nun mal bei jungen Menschen, wobei ich, nebenbei gesagt, gerade mal neunundsechzig Jahre und vier Monate alt bin, habe ich weder den Kontakt zum Leben verloren noch bin ich beschränkt oder gar dement, ja, mein Gesundheitszustand ist alles in allem durchaus akzeptabel. Vor allem aber habe ich das Gefühl, nicht nachgeben zu dürfen. Mein ganzes Leben lang habe ich nachgegeben, aber damit ist jetzt Schluss. So lange dieses Haus nicht abgerissen ist, werde ich jedem, der an meinem Leben Anteil genommen hat, schreiben, wie mir zumute ist.

Ich hoffe, meine Worte werden mit Respekt aufgenommen, so wie ich hoffe, nicht zu übertreiben.

Es grüßt Sie,

Ihre Nachbarin Rivi

verschickt

08:12

Wie konnte ich bloß?

Ich bin schweißgebadet, gehe unter die Dusche, begegne mir selbst im Spiegel. Schon seit Jahren halte ich von Spiegeln lieber Abstand, doch heute und angesichts der Umstände beschließe ich, nachsichtig mit mir zu sein, ich gehe mit dem Gesicht nah heran und denke, dass trotz allem noch Überreste von Schönheit an mir sind, das Haar ist noch voll, und wenn ich lächle, leuchten meine Zähne. Meine Haut erscheint mir vollkommen glatt, aber ich sage mir, das ist vermutlich dem Grauen Star geschuldet. Der Graue Star ist eigentlich ein großherziges Geschenk der Natur für eine wie mich, denke ich, ja, für alternde Menschen generell, und plötzlich kommt mir wie aus dem Nichts die Frage: Wozu sind alte Menschen in unserer Welt überhaupt noch gut? Und gleich darauf die Antwort: Wir Alten sind dazu bestimmt, Geschichten zu erzählen.

09:11
MichaelS@gmail.com

Hey, Michael,

long time, was? Ich nehme an, in dem Moment, in dem du realisierst, du hast eine E-Mail von Rivi Greenfeld, wirst du unwillkürlich den Finger nach der Löschtaste ausstrecken, aber vielleicht regt sich nach sechs Jahren Funkstille bei dir auch so was wie Neugier und du wirst das hier lesen.

Also Folgendes, gestern am frühen Abend bekam ich die Mitteilung, dass das Stadterneuerungsprojekt dort, wo ich wohne, in Kürze beginnen wird und dass ich meine Wohnung räumen muss. Ich dachte, ich sterbe, aber bisher ist das noch nicht passiert, im Gegenteil, nach der Hiobsbotschaft gestern ist etwas in mir erwacht und ich empfand das Bedürfnis, mit mir selbst und mit den Leuten zu reden, die Teil meines Lebens gewesen sind.

Und, schau, du stehst, wie in der Vergangenheit, noch immer ganz oben auf meiner Liste.

»Rivi, Schatz, du hast der hebräischen Sprache einen großartigen Dienst erwiesen, der Punktierung, den Satzzeichen und unserer Zeitung ohnehin, aber du weißt auch, die Zeiten sind gerade nicht einfach und Printmedien schon nicht mehr das, was sie mal waren, und ohnehin bleibt dir ja nur noch ein Jahr bis zur Pensionierung.«

Erinnerst du dich?

So hast du es gesagt, Wort für Wort. Ich habe zugehört und geschwiegen, und als du fertig warst, habe ich wie eine Schauspielerin in einem amerikanischen Film einen Karton genommen, der auf dem Flur stand, habe alles, was auf meinem Schreibtisch lag, eingepackt, habe das Büro geräumt und die Zeitungsredaktion verlassen, in der ich fast fünfzig Jahre gearbeitet hatte.

»Wie ist es?«, hast du mich eine Woche später am Telefon gefragt.

Ich habe nicht geantwortet, du weißt ja, dass ich bei dir nicht besonders gut bin, wenn es ums Reden geht.

»Das wird schon«, hast du versprochen.

Wie gesagt, es sind jetzt sechs Jahre, seit ich etwas von dir gehört habe. Ich nehme an, du weißt, wie verzweifelt ich dich geliebt habe, aber heute will ich nicht über die Liebe reden, heute will ich um alles trauern, was ich verloren habe. Die Arbeit, die vielen Jahre tagtäglichen Austauschs. Mit ein paar kurzen Sätzen von dir abserviert, fand ich mich ohne Job und ohne dich wieder. Und in knapp einer Woche werde ich mich auch ohne mein Zuhause wiederfinden.

verschickt

09:15

Ich war einmal eine Schnecke oder Schildkröte, und wenn man mir mein Haus zerstört, bleibt die Haut nackt und ungeschützt, und das brennt, brennt fürchterlich.

10:48
docbarlev@gmail.com

Hey, Ido, ich hoffe, es geht dir gut. Ich brauche bitte deine Hilfe. Seit gestern Abend habe ich heftige Panikattacken, du weißt schon, Pulsrasen, Schwindelgefühl, Schweißausbrüche und eine Million Gedanken, die mir durch den Kopf rasen, genau wie damals. Bitte stell mir ein Rezept für Xanax aus.

Ich danke dir,
Rivi

verschickt

11:10
noahflowers@gmail.com

Hey, Noah, ich laufe über von Worten und habe beschlossen, mir alles von der Seele zu schreiben. Ich werde erklären, warum. Gestern Abend, als mir klar wurde, der Countdown der Terminatorin hat begonnen, wollte ich nur noch schreien. Für einen Moment hatte ich sogar vor, mich für Facebook oder Instagram vor die Kamera zu stellen und der ganzen Welt zu erzählen, dass man mir das Haus abreißt, aber obwohl ich ganz gut bin mit all den neuen Technologien, befürchtete ich, mich bloß lächerlich zu machen, also beschloss ich stattdessen Mails zu schreiben. Tagebücher oder Briefe, die mit der Post verschickt werden, sind ja nicht mehr *das Genre*, wie die Millennials sagen.

Glücklicherweise habe ich das Gefühl, mein Verstand ist

noch zu gebrauchen, mein Erinnerungsvermögen glasklar, und – ich trage ein gewaltiges Wissen über das Leben mit mir herum. Man sollte mich nicht unterschätzen, besonders meine jungen Nachbarn nicht, für die ich nur eine kauzige Alte bin, die an ihrem Fenster rumhängt.

Ich schreibe dir bloß, damit du Bescheid weißt. Schreibe dir, weil du ein Freund bist. Schreibe auch, damit mein Herz nicht einstürzt, schreibe, um nicht verrückt zu werden. Und weil ich weiß, dass du genau wie ich verstehst, das Leben ist nicht nur Gegenwart und Zukunft, es besteht, in unserem Fall zu unserem Leidwesen, vor allem aus Vergangenheit.

Deine Winderin roter Kränze

verschickt

11:34

WhatsApp

Du bist unschlagbar, Michael. Schreibst: »Sorry.« Ein Wort, und das war's. Sag mal, bist du noch ganz dicht?

Das ist alles, was du mir zu sagen hast?

»Sorry«? Was soll das? Hast du mich vergessen? Meine Wohnung? Das Zimmer meiner Mutter?

Du warst und bist ein Narzisst.

nicht verschickt

11:49

Michaels »Sorry« brachte mich zum Weinen, dabei dachte ich, ich hätte schon verlernt zu weinen, aber anscheinend ist das eine Fähigkeit, die da ist und wiederkommt, auch wenn man das schon vergessen hat. Ich fürchte, ich habe noch immer nicht aufgehört, ihn zu lieben, und allein diese Furcht macht mich wahnsinnig, nein, sie erschreckt mich. Bloß nicht unterkriegen lassen, sage ich mir – ein neues Mantra …

12:12

MichaelS@gmail.com

Hey, Michael, ich hab dein »Sorry« gelesen. Dir weiter zu schreiben, fällt mir nicht leicht, aber ich gebe nicht nach, diesmal nicht.

Wer wüsste besser als du, dass unsere Beziehung im Wesentlichen auf Beruflichem basierte, aber wir hatten – zumindest aus meiner Warte – auch noch eine weitere, parallele Verbindung. Von dem Moment an, als wir uns das erste Mal begegnet sind, befand ich mich in einem Zustand ständiger Verliebtheit, konnte dich nicht anschauen, ohne ein Beben am ganzen Körper zu spüren. (Lass mich dir gleich zu Beginn meiner Ausführungen sagen, in allem, was ich dir schreibe, sollst du bitte keinen Vorwurf sehen, danach ist mir heute wirklich nicht, heute erzähle ich nur mich selbst. Ich habe nichts Wertvolleres als Geschichten, und wenn dieses Haus abgerissen ist, wird mir außer diesen Geschichten nichts bleiben. Vor vielen Jahren hast du mir einmal gesagt, du habest keine Angst vor Gott, nur vor

Frauen, die zu viel reden. Also werde ich dir wohl ein bisschen Angst machen, denn ich habe vor zu reden, aber du hast wirklich nichts zu befürchten. Was ich mir wünsche, ist, dass du es liest, und noch ein bisschen mehr, dass du dabei ein leichtes Bedauern empfindest. Das würde mir schon genügen.

Ich habe mich immer mit wenig zufriedengegeben.

Ich hoffe, das Schreiben verschafft mir ein wenig Ruhe. Und ich hoffe, nicht pathetisch zu sein.

Fortsetzung folgt.

verschickt

14:20

MichaelS@gmail.com

Wieder ich. Wie du sicher inzwischen verstanden hast, kreisen meine Gedanken heute um viel Verlorenes, und in hohem Maß um dich; von all den Erinnerungen kommt mir ausgerechnet immer wieder der Augenblick in den Sinn, in dem ich einen Blick in deinen Terminkalender warf und entdeckte, du hast einen Tisch für zwei in einem Restaurant reserviert, und ich glaubte zu verstehen, du hast deinen Terminkalender absichtlich offen auf dem Tisch liegen lassen. Ich dachte, auf deine sonderbare Weise lädst du mich zum Essen ein.

So kam es, dass ich nach einem Jahr gemeinsamer Arbeit und zum Schweigen verurteilter Liebe meiner Sehnsucht einen Schritt voran erlaubte, du erinnerst dich sicher, wie ich, übertrieben geschminkt und in einem weißen Kleid, wie eine Braut, in dem Restaurant auftauchte, nur um dich dort bei einem romantischen Stelldichein mit Nicky zu erwischen. Wenn ich mich recht entsinne (und ich entsinne mich recht), arbeitete Nicky damals für ein Konkurrenzblatt. Ich war wie im Schock, stand da wie erstarrt, aber mir war bewusst – du hattest mich gesehen und, schlimmer noch, ignoriert.

Am nächsten Morgen bin ich in dein Büro, hatte vor, alles zu beichten, aber ich bekam kalte Füße und wollte schon kehrtmachen, doch da bist du hinter deinem Schreibtisch aufgestanden, kamst auf mich zu und hast mich in die Arme genommen.

»Rivi«, hast du gesagt, »vergiss, was du gesehen hast, das war ein Arbeitsessen, mehr nicht.«

Zwar ließen mir die Streicheleien keine Ruhe, mit denen du Nicky in dem Restaurant bedacht hattest. Andererseits weckte die Umarmung, die du mir gönntest, Hoffnungen, und ich wusste nicht, was gilt nun, das Streicheln von Nicky oder die Umarmung für mich.

Ein paar Tage danach standest du plötzlich in meinem Büro.

»Rivi, du hast die Festanstellung! Von heute an sind wir beide zusammen bis zur Pensionierung«, das sagtest du, und in mir überschlug sich alles, ich dachte tatsächlich, du wärst der Mann meines Lebens. Du, und nicht Arik, der zu dem Zeitpunkt ohnehin schon auf Tauchstation gegangen war.

»Ich hab das große Los gezogen«, sagtest du noch.

Aus der Distanz der Jahre kann ich sagen, ab diesem Moment war ich, was uns betrifft, von einem Illusionssyndrom befallen. Und ich denke, dich trifft zumindest eine Mitschuld.

Fast fünfzig Jahre kennen wir uns, und nie haben wir über uns – über mich und dich geredet. Doch jetzt werde ich einige der Pandorabüchsen meines Lebens öffnen. Ich werde unsere lang währende und leidvolle Beziehung rekonstruieren, wobei ich nicht umhinkann, zu denken, heutzutage würde man dich vermutlich wegen sexueller Ausbeutung in einem Abhängigkeitsverhältnis drankriegen.

Aber keine Sorge, du und deine Taten, ihr seid längst verjährt.

Gehab dich wohl,

Rivi

verschickt

15:45

MichaelS@gmail.com

Michael, die Erinnerungen reißen nicht ab. Ich denke an den Tag, an dem alles begann. Arik Packer, der Kommandeur meiner Einheit und dein Jugendfreund, hatte mich zu dir geschickt. Ich war gerade mal einundzwanzig und trat an einem heißen Sommertag mittags in deinem Büro an. Du saßt hinter einem mit Akten überladenen Schreibtisch, ein blendend aussehender Mann von zweiunddreißig Jahren. Arik hatte angedeutet, du seist, obwohl verheiratet, noch immer einer der meistbegehrten Männer der Stadt. Und dass du ein Genie wärst, das hat er auch gesagt.

Ich erinnere mich, du trugst Jeans und ein schwarzes T-Shirt, hinter dir das Fenster, um dich der Rauch deiner

Zigarette. Du sagtest: »Herzlich willkommen, meine Schöne«, und ich wurde rot, wusste nicht, wohin ich schauen sollte. Meine Augen folgten dem sich kräuselnden Rauch, und dann bemerkte ich an der Wand hinter deinem Schreibtisch das Bild einer hübschen Frau, die sich in deine Arme schmiegt. Ich erinnere mich, dass ich sofort eifersüchtig auf sie war, und als würdest du spüren, was mir durch den Kopf ging, sagtest du, »Wow, ich dachte nicht, dass du *so* schön bist«. Ich blieb stumm, auch als du mir mitteiltest, ich bekäme die Stelle als Korrektorin.

Ein Augenblick weicher Knie. Ich wusste eigentlich nicht, was das bedeutet, Korrektorin bei einer Zeitung zu sein. Aber Arik hatte mich zu dir geschickt, er wusste, was gut für mich war, also willigte ich ein.

So war ich damals, ein einfältiges junges Ding.

Du strecktest mir deine Hand hin, wünschtest mir viel Erfolg, und während wir noch in einem langen Händedruck gefangen waren, sagtest du, man habe dir zugetragen, dass ich mich beim Redigieren von Tagesbefehlen bewährt und den Herren Offizieren ihre Rechtschreib- und Grammatikfehler korrigiert hätte. Ich bemerkte ein winziges, angedeutetes Lächeln, das sich auf deine Lippen stahl, und dieses Lächeln machte mir klar, Arik hatte dir verraten, dass seine Frau uns auf die Schliche gekommen war, weshalb er mich verschwinden lassen und für meine Entlassung sorgen musste, und so endete zu meinem Bedauern das Kapitel Armee in meinem Leben. Immerhin konnte ich mich damit trösten, dass ich, dank der Freundschaft zwischen Arik und dir, in den Genuss einer Anstellung als Korrektorin kam.

Um ehrlich zu sein, ich hatte keine Ahnung, was ich in

dieser Welt anfangen sollte, ohne die Armee und ohne Arik. Ich war einundzwanzig, meine Familie bot wenig Halt, und ich wurde aus der Gemeinschaft der Superhelden unseres Landes ausgestoßen.

Weißt du, es gab Zeiten, da waren die Generäle wie Gott für uns.

Ich hoffte, du wusstest nicht, dass es mein Vater war, der von Arik verlangt hatte, eine vernünftige Regelung für mich zu finden. Ich habe erst jüngst begriffen, dass ich für dich nur »ein Gefallen einem Freund gegenüber« war.

Wie auch immer, ich gab mich hin, dem Punkt, Komma, Bindestrich und vor allem dir.

Du warst der Boss all der Journalistinnen und Redakteurinnen, die für dich arbeiteten und sich in dich verliebten.

Und ich war eine von ihnen.

Die Deine,

Rivi

verschickt

15:59

WhatsApp

Hey, Noah, ich sehe auf dem Display deinen Namen, bin aber nicht in Gesprächsstimmung, ich bin zu Hause, mach dir keine Sorgen. Diese Idee des Schreibens hat Besitz von mir ergriffen, mein Kopf rast vorwärts, oder besser, rückwärts, und du kennst mich, meine Obsessionen und ich schwenken keine weiße Fahne, ehe die Aufgabe nicht bewältigt ist.

16:18
MichaelS@gmail.com

Hey, Michael.

Von heute an bin ich nicht mehr die, die du zu kennen meinst, heute nehme ich endlich all meinen Mut zusammen und lasse die Dinge raus, Geschichten über mich selbst und über andere, lasse sie raus, ohne zweimal nachzudenken. Und wenn einer sagt, die alte Rivi hat eine Schraube locker, von mir aus, dafür ist die Geschichte, die ich dir mitschicke, wahr, absolut wahr, das schwöre ich dir.

Würde mich freuen, wenn du sie liest.

Danke,

Rivi

Es war im Jahr 2010, 21:30 Uhr.

Im Fernsehen Louis C. K., der Stand-up-Comedian. Ich schaue ihn an und lache, ja, schütte mich aus vor Lachen, meine, bisher noch nie so gelacht zu haben, und wenn du allein wärst, wie ich, würdest du verstehen. Jemanden zu finden, bei dem man lachen kann, das ist etwas.

Bei der zweiten oder dritten Sendung allerdings ist mir etwas weitaus Erschütternderes passiert. Ich schaute mir sein Programm an und fühlte mich plötzlich peinlich berührt, weil ich bloß einen verschossenen Pyjama anhatte. Schon am nächsten Tag ging ich in eine der angesagten Boutiquen, obwohl ich, wie du weißt, nun wirklich keine Miss Prada bin, und habe ein schwarzes Designerkleidchen gekauft. Und dazu einen Push-up-BH und solche Kompressionsslips, die dir den Bauch in den Rücken drücken. Und jede

Woche, wenn Louis C. K. auf der Mattscheibe erschien, habe ich in meinem schwarzen Minikleid vor ihm Platz genommen und – ja, mich auch geschminkt. Ich habe aus seinem Auftritt ein Ereignis gemacht. (Ich bin wirklich überrascht, Michael, dass ich dich an alldem teilhaben lassen kann.)

Ich habe mir Louis' sämtliche Programme angeschaut und irgendwie angefangen zu fantasieren, vielleicht könnte ich eines Tages ja ein Drehbuch schreiben, über eine ältere Dame aus Tel Aviv, die sich in einen Comedian verliebt, den sie nur aus dem Fernsehen kennt, dem sie aber als Einzigem von all den Katastrophen erzählt, die sie mit ihren Liebhabern hatte. Ich habe sogar angefangen, meine Drehbuchideen für Louis in einem Notizbuch festzuhalten.

Ich würde dir diese groteske Geschichte nicht berichten, hättest du nicht auch (ohne es zu wissen) daran Anteil gehabt.

Ich nehme an, du erinnerst dich nicht, aber einmal bin ich vollkommen aufgelöst in die Redaktion gekommen und habe das ganze Team gebeten, die E-Mail-Adresse von Louis' Agent für mich herauszufinden. Am Ende warst tatsächlich du es, der mir in einer generösen Anwandlung und dank deiner vielen Kontakte die E-Mail-Adresse des Agenten beschafft hat. »Rivi, was läuft da zwischen dir und Louis?«, fragtest du sogar, und ich schwieg, genoss aber insgeheim, so etwas wie ein Geheimnis zu haben und vielleicht sogar die winzige Chance, du könntest so etwas wie eifersüchtig sein. Ich war ganz begeistert von mir und dem, was ich da im Schilde führte.

Selbst jetzt muss ich lachen, wenn ich daran denke. Und, stell dir vor, in einem Anfall von Wagemut, der mich selbst am meisten überraschte, und vielleicht schlicht aus Verzweiflung, habe ich irgendwann an die Adresse, die ich von dir bekommen hatte, eine Auswahl meiner Notizen geschickt, auf die natürlich keine Reaktion kam.

Michael, glaub mir, erst heute begreife ich – neben aller Fassungslosigkeit über meine Dummheit damals – das Ausmaß der Not und Hilflosigkeit, die ich in meinem Leben empfunden habe.

Und was soll ich sagen, ich konnte nicht aufhören damit, meine Schublade füllte sich mit Notizen für Louis, bis nichts mehr reinpasste. Als ich erfuhr, dass er für eine Show nach Israel kommen würde, kaufte ich mir sofort eine Karte. Ich habe all meine Notizen mit zu seinem Auftritt genommen und mir ernsthaft überlegt, den Versuch zu unternehmen, ihn zu treffen. Glücklicherweise kam ich im Verlauf des Abends zur Besinnung, hin und wieder ist mir ein solches Aufblitzen geistiger Gesundheit vergönnt. Ich habe die Veranstaltung also in dem Augenblick verlassen, in dem ich verstand, dass es besser für mich wäre, die Gedanken, die Wünsche und die außer Rand und Band geratene Fantasie auf der Stelle zu begraben. Und dieses virtuelle Verhältnis sowieso. Zu Hause habe ich dann alles in Stücke gerissen.

In meinem Kopf aber haben die Fantasien sich weitergesponnen, was mich Jahre später, als herauskam, dass mein Louis reihenweise Frauen belästigt hatte, in ein wahres Gefühlschaos stürzte und dazu brachte, genau wie in deinem Fall und entgegen jeder Vernunft, abermals Unmengen von Notizen für ihn zu schreiben. Tatsächlich hatte ich nie aufgehört zu hoffen, dass er meine Texte eines Tages lesen würde. Du weißt ja, so bin ich nun mal, eine alte Schabracke, stur, aber ergeben.

Wenig später wurde seine Serie dann aus dem Programm genommen, und Louis ist endlich aus meinem Leben verschwunden. Warum ich dir diese absonderliche Geschichte erzähle? Bloßer Zufall. Ich habe nämlich meinen Kleiderschrank ausgeräumt und bin auf das schwarze Kleid gestoßen. Habe es betrachtet und mich gefragt, ob ich weinen oder lachen soll. Am Ende habe ich mir gesagt, in diesem besonderen Fall darf ich mir wohl beides erlauben.

Gezeichnet:
die Infantile.

nicht verschickt

18:02

Ich stecke noch immer in diesem schwarzen Minikleid, das mir das Zwerchfell einklemmt, ich trete ans Fenster, um Atem zu holen, aber ich bekomme kaum Luft und denke, dass mein Kontakt zur Außenwelt in den letzten sechs Jahren so gut wie ausschließlich durch dieses Fenster stattgefunden hat und dass das Stehen am Fenster so etwas wie ein Erbe ist, oder vielleicht ein Gen, das weitergegeben wird, denn meine Mutter hatte, solange ich zurückdenken kann, am Fenster gestanden. Und nun stehe ich hier, die zweite Generation am Fenster.

Ich erblicke einen Mann in Hut und Mantel und stelle mir vor, er wäre der Mann von Fruma, der schon dreißig Jahre tot ist. Danach betrachte ich eine Frau mit Kinderwagen und sehe Sonja in ihr, die Ärmste, die ihren Kinderwagen immer mit Stricknadeln und Wollfäden füllte. Dann kommt eine junge Frau in einem rosafarbenen Kleid, eilt leichten, federnden Schritts vorbei, schwebt beinahe, und es gelingt mir nicht, mir etwas vorzustellen, denn es ist eine junge Frau aus der Gegenwart. Gleich nach ihr hasten drei Männer vorüber, auch mit ihnen bringe ich nichts in Verbindung, aber ich bleibe am Fenster, bis die Straßenlaternen angehen, denn dies ist meine Lieblingsstunde, und wie gewöhnlich singe ich.

In der Stille des fallenden Laubs
erstirbt über den Feldern der Tag.
Ob über die Pfade sie schreitet
und sich der Liebesnächte entsinnt?

Aus dem Garten erklingt Gesang
und der traurige Ton der Harmonika.
Ob sie noch stickt mit goldenem Faden,
und sich der Liebesnächte entsinnt?

Sacht wiegt sich die Wetterfahne,
eine Bachweide an den Ufern des Flusses.
Ob sie wohl lacht, oder betrübt
sich der Liebesnächte entsinnt?

Das Dorf schläft nach des Tages Fron,
am Firmament ein Stern erlischt.
Vielleicht steht sie am Wege, und
entsinnt sich all der Liebesnächte?

Und mit diesem Lied, das ich so liebe, verabschiede ich mich von dem nun endlich vergangenen Tag.

21:34
Nun, ich dachte, ich hätte mich verabschiedet für heute.

»Schwein«, höre ich den Schrei, der schon seit Jahren meine Ruhe stört, durch die Räume der Wohnung gellen. »Schwein!«

Hey, Gadi, erinnerst du dich noch an mich? Ich bin's, Rivi, nein, du erinnerst dich nicht, logisch, ist ja auch so lange her, wir waren dreizehn damals, deine Tante kam am Fenster unserer Wohnung vorbei und sagte zu meiner Mutter, du seiest ihr Neffe und deine Mutter werde, Gott verschone uns, bald sterben, worauf wir, also du und ich, einen Blick wechselten. Du hingst am Kleid deiner Tante und lächeltest mir zu, ein Lächeln, das ich heute schüchtern nennen würde. Ich weiß nicht, was du empfunden hast, aber in meinem Körper entzündete sich eine unbekannte Flamme, und irgendetwas zwischen Hitze und Kälte ließ mich erschauern.

Es war nichts zwischen uns beiden, nicht das Geringste ist passiert, und nur, damit du es weißt, du hättest ein längst in Vergessenheit geratenes Ereignis sein können, doch das, was mir hinterher widerfahren ist, hat dich zu einer Geschichte in meinem Leben werden lassen.

Aber an den Schrei wirst du dich vielleicht erinnern, unmöglich, dass nicht. Es war mein Vater, ein schon älterer Mann im mausgrauen Pyjama, der, ein Bein nachziehend, auf uns zukam und nicht aufhörte zu brüllen, »Schwein!«. In den umliegenden Wohnungen gingen die Lichter an, und Dutzende Augenpaare spähten durch die Lamellen der Jalousien. In dem Augenblick, als er sich uns näherte, bist du verschwunden, hast das Weite gesucht. Ich dagegen erstarrte, blieb wie angewurzelt stehen, voller Scham, meine Beine weigerten sich zu gehen, aber mein Vater schleifte mich zurück ins Haus.

»Wenn Gott ein Herz hätte, wäre mir ein Sohn geboren worden«, sagte er zu meiner Mutter, als wir die Wohnung betraten. Danach erinnere ich mich an Türenschlagen, das Klicken eines Schlosses, und nach Mitternacht, als ich annahm, meine Eltern schliefen, sprang ich aus dem Fenster meines Zimmers und eilte zu unserem Treffpunkt, du erinnerst dich, da, wo wir mit all den anderen immer zusammenkamen, hoffte, du würdest dort sein und auf mich warten, aber du warst nicht da.

Am nächsten Tag seid ihr weggezogen aus der Nachbarschaft, es hieß, der Zustand deiner Mutter habe sich dramatisch verschlechtert. Ich habe lange gehofft, eines Tages würdest du wieder auftauchen, jahrelang schlüpfte ich jede Nacht, in der sich mir eine Gelegenheit bot, aus dem Haus und rannte zu unserem Treffpunkt, wo Kobi, Davidi und Ara'le auf mich warteten, aber du kamst nicht zurück.

Gadi, du musst verstehen, das war die Nacht, in der mein Leben aus den Fugen geriet und mein Vater in eine Schlacht zog, deren Ziel war, jeden potenziellen Freund oder Geliebten in die Flucht zu schlagen. Er verfügte, dass ich das Haus nach der Schule nur noch unter Aufsicht verlassen durfte, sprich: in Begleitung eines Elternteils. Ein ganzes Jahr lang, vielleicht auch länger, saß ich nach Schulschluss in meinem Zimmer und tat nichts, außer an dich zu denken. Und um meine Welt zu bereichern – mit Geschichten von Liebe und Verrat –, las ich Schundromane und Mädchenzeitschriften, dachte mir Freunde, Lieben, Feindschaften aus, schuf mir eine Parallelwelt. Ich hatte keine andere Wahl, niemand lud mich zu sich nach Hause ein, niemand wollte mit dreizehn eine Freundin, die es nur im Doppelpack mit ihrem Vater gab.

Gadi, du wirst es nicht glauben, aber dies ist die wer weiß wievielte Nacht, in der ich jenen Abend rekonstruiere, und wenn ich die Augen schließe, schwinge ich mich von Neuem aus dem Fenster und renne zu dir. Die paar Tropfen Licht von den Straßenlaternen und die wenigen Sterne am Himmel markieren mir den Weg, mein Herz schlägt wild, ich eile zu dem Hof hinter dem Gemüseladen meines Vaters, hoffe, du wartest dort auf mich zwischen den Tomatenkisten, zwischen Kohl und Fenchel. Ich bin fast da, als ich ihn sehe, meinen Vater, Aba, bitte, rufe ich, und dann ist da der Schrei und danach das Zerren am Arm und das Weggeschleiftwerden.

Lieber Gadi, heute kann ich dir das sagen, du warst meine erste Liebe, und dieser eine Augenblick, in dem wir uns angesehen haben, wird für immer in meinem Herzen sein. Nichts auf Erden gleicht der unbemerkten Liebe eines Kindes aus dem Dunkel, heißt es in Stefan Zweigs *Brief einer Unbekannten*. Es war der Augenblick, in dem das erwachsen werdende Mädchen in mir erwachte, und mit einem Mal muss ich daran denken, was es bedeutet, dass ich, und ich wünschte, dasselbe gälte auch für dich, so einen unvergesslichen Moment hatte, auch wenn wir danach beide unser Leben gelebt haben, ohne etwas übereinander zu wissen. Viele Jahre lang habe ich mir ausgemalt, wie ich dich wiederfinden würde, aber als ich dich schließlich tatsächlich fand, war es zu spät.

Ich setze mich aufs Bett, und die Tränen fließen. Gadi, Liebster, du bist im Krieg gefallen, bei den Kämpfen auf den Golanhöhen. Dein Panzer wurde getroffen. Ich habe deinen

Namen auf der Liste der Gefallenen gesehen, ich weiß nicht, ob du damals eine Freundin hattest, ob du in irgendeiner Beziehung stecktest, aber du sollst wissen, all die Jahre fühlte ich mich, als wäre ich deine Witwe, und heute Nacht tut es mir unsagbar weh, dass es dich, an den ich schicken könnte, was ich dir hier schreibe, nicht mehr gibt.

Voller Trauer,
die Deine,
Rivi

21:53
»Die erste Liebe definiert unser Leben auf immer.« Zitat meiner Mutter.

22:10
»Rivi, hör auf zu weinen«, höre ich meine Mutter sagen. »Es gibt keinen Grund zu weinen. Du hast ein gutes Leben, besser geht es gar nicht.« Und ich wage nicht zu fragen, Ima, was genau ist ein gutes Leben? Habe mich das nie getraut.

Ich stelle mir vor, sie sitzt auf der Bettkante, und ich will ihr sagen, dass es viele Gründe gibt zu weinen, dass ich das immer gewusst habe. Seit ich denken kann, wie man sagt. Dass ich Fruma darüber habe reden hören, mein Vater sei schon mal verheiratet gewesen, mit einer anderen Frau, der Mutter von Rejsele, und als Rejsele acht war, habe man sie beide vor den Augen meines Vaters ermordet. Und ich will ihr sagen, dass ich immer schon gewusst habe, seit ich denken kann, warum sie am Fenster steht.

Schon früh in meinem Leben begriff ich, es gibt nur einen einzigen Weg, an Informationen über meine und ihre Lebensgeschichte zu kommen. Verstand, dass nur am Freitagmittag, wenn Fruma unter dem Fenster unserer Wohnung erschien und meiner Mutter einen Strauß Rosen zum Schabbat hinaufreichte, das Schweigen sich auflöste. Ich tat dann immer so, als ginge mich das alles nichts an, als läse ich in einem Buch, machte Schulaufgaben oder spielte Scrabble gegen mich selbst, aber ich lauschte aufmerksam, und so fand ich heraus, mein Vater hatte seine erste Frau und die Tochter, die ermordet wurden, sehr geliebt, hatte sich seither einen Sohn gewünscht, nur einen Sohn, bloß keine weiteren Töchter. Und dass meine Mutter noch immer auf ihren Liebsten wartet, der ganz bestimmt nicht mein Vater ist. Freitagmittag war die Zeit, in der all meine Hoffnungen und Albträume sich ein Stelldichein gaben. Ich wollte hören und fürchtete mich zu hören, und niemand ahnt, wie groß meine Angst war, alles zu wissen. Heute sage ich mir, ich bin mit einem Talent gesegnet, hinter Verborgenes und gut gehütete Geheimnisse zu kommen, doch leider war nichts, was ich zu hören bekam, wirklich herzerwärmend.

Ima, liebste Mutter, Kinder wissen alles, Kinder sind die erfolgreichsten Geheimnislüfter der Welt.

Heute Abend will ich meiner Mutter von *meinen* Geheimnissen erzählen. Ima, will ich zu ihr sagen, ich will dir von meinen Lieben erzählen, will dir etwas über Gadi und vielleicht auch über Michael erzählen, aber in meinem Kopf hallt die Stimme meiner Lehrerin Batya wider, die dir und Aba im Elterngespräch sagt, ich sei ein Mädchen, das mit sich selbst redet und ständig lügt, weshalb sie euch rät, mich behandeln zu lassen.

Aba sagte zu Batya, Gott vergehe sich weiter an ihm, und behauptete, eine Therapie würde nichts helfen, und du fügtest hinzu, schlimme Dinge würden durch Schweigen getilgt. Ich war da erst in der vierten Klasse und dachte, wie schade es ist, dass die Nazis das falsche Mädchen getötet haben, und wie viel lieber ich als Junge geboren worden wäre.

Im Übrigen hatte Batya recht, ich war tatsächlich ein Kind, das mit sich selbst redete, das Dinge erfand, und immer schon habe ich aus Andeutungen Geschichten gemacht, aus Vermutungen Einsichten und aus Träumen Tatsachen, habe mir Märchen ausgedacht und mir selbst dunkle Geschehnisse erzählt, zu meinem Glück (oder auch nicht).

Eine Zeit lang fürchtete ich mich, das Haus zu verlassen, hatte Angst, meine Mutter könnte verschwinden, und in der Schule wussten alle, Rivi muss am Fenster sitzen. Sie muss rausschauen können, um zu sehen, was draußen passiert. Denn wenn sie nicht am Fenster sitzt, dann spielt sie verrückt. Und sie hatten recht, wenn jemand mir den Platz am Fenster streitig machen wollte, kippte ich ihm den Schulranzen aus. Im Unterricht irrten meine Augen umher, hielten Ausschau nach einem, der plante, meine Mutter fortzubringen. Ich war damit beschäftigt, Albträume zu beruhigen. Und ich war gut darin.

Schade, dass es für dieses Fach keine Noten gab.

Nach außen wirkte ich still und ruhig, aber innen drin tobten Stürme, jahrelang leuchteten bei jedem Anruf, jedem Brief, der ins Haus geflattert kam, alle Warnlampen in mir auf. Ich ertappte mich dabei, wie ich »ultimative Verdächtige« identifizierte, meine Fantasien bekamen mitunter eine physische Greifbarkeit. Einmal sah ich eines Morgens auf dem Weg zur Schule einen Mann im Anzug, der sich an mich wandte und in einem komischen Hebräisch fragte, wo denn das »Einkaufszentrum« sei, und mir war sofort klar, das ist der Mann, der meine Mutter sucht, der weiß, wer ich bin. Ich machte kehrt und rannte nach Hause.

Die Lehrer wussten nicht, was sie mit mir machen sollten. Meine Lehrerin Batya fragte mich immer wieder: »Rivi, zu Hause alles in Ordnung?«

Sicher, alles in Ordnung.

Und meine Eltern – eine Liebesgeschichte.

Mein Vater schläft auf dem geschlossenen und zur Waschküche umfunktionierten Balkon, oder im Abstellraum, nennt es, wie ihr wollt, neben dem Wäschekorb, umgeben von Lappen aller Art, unter dem Bett ein Koffer mit seiner gesamten Habe – Kleidung, Fotoalben, Dokumente.

Ich weiß, dass meine Eltern in einem Schoah-Pakt gefangen sind, dass sie nur in Bezug auf alles, was mit den Nazis zu tun hat, ein Täubchenpaar sind, in allem anderen jedoch vollkommene Fremde.

Liebe Eltern, ich bin Zeugin. Ihr habt kaum gesprochen. Nicht nur mit mir habt ihr nicht gesprochen, auch nicht miteinander, ich war es, die eure Botschaften überbrachte, war eure Brieftaube, war das »Sag-ihm-sag-ihr-Kind«.

Was, um alles in der Welt, soll man also einer Lehrerin antworten, die fragt, ob zu Hause alles in Ordnung ist?

Wie soll man so was erzählen können, wenn man zehn ist oder auch fünfzehn?

Und getrennte Schlafzimmer. Jetzt lache ich darüber. Das ist so was von einundzwanzigstes Jahrhundert, aber damals war es nicht die Familiennorm.

Ich bin in der sechsten Klasse, sitze im Büro des Schulberaters, soll eine Familie malen oder etwas anderes, wer weiß das noch, halte den Bleistift fest umklammert und zerbreche ihn unter dem Tisch in mehrere Teile.

Noch heute habe ich, wenn ich daran denke, in der Hand das Gefühl des zerbrechenden Bleistifts, und der Schulpsychologe findet den Defekt nicht.

Wie sollte er auch?

Ich habe keine Klagen, schweige.

Immerhin gibt er eine ermutigende Prognose ab, sagt, ein hübsches Mädchen wie ich werde auch ohne Mathematik und Physik durchs Leben kommen.

Die Jahre auf der Schule waren nachtschwarz, sowohl in der Grundschule als auch danach. Und ich war allein, vollkommen allein, nur ich und meine Gedanken. In den Pausen spielten die Mädchen nicht mit mir, und die Jungs wollten nur meine Schlüpfer sehen und später das, was unter dem BH ist, so war das damals.

Heute würde ein Mädchen wie ich ein ganzes Regiment von Psychologen ernähren, heute stünde im Nu das Jugendamt vor der Tür.

Ich war ein Mädchen, das die meiste Zeit schwieg, doch tatsächlich wollte ich mein ganzes Leben lang reden, wollte nichts lieber als das. Und jetzt kommt der Tag, und ich rede, oder schreibe vielmehr. Kein ambitioniertes Zeug wie damals für Louis C. K. Sondern das, was ich aus mir hervorholen muss, von tief unten, das, was mich ausmacht.

Ima, vielleicht sagst du mir jetzt endlich, was genau an jenem Abend mit Gadi passiert ist, als du Vater derart verteidigt hast. Und heb bloß nicht die Augen zum Himmel und sag, bože moj, Ima, das sind Dinge, die wollte ich dich immer schon fragen, und ich warte, auch wenn das nicht geklappt hat, noch immer auf eine Antwort.

So ist das eben mit Kindern, Ima.

22:51

Ich bin wie überschwemmt, an Schlaf ist jetzt nicht zu denken, also gehe ich wieder zum Fenster. Die Nacht ist eisig und mir schrecklich kalt, aber das hält mich nicht ab.

»Ima, warum stehst du am Fenster?«, fragte ich, als ich acht war.

»Ima, genug«, bat ich mit elf.

»Du Verrückte, hör auf, am Fenster zu stehen«, schrie ich mit vierzehn.

»Ich muss«, hast du mir geantwortet.

»Du musst was?«

»Warten.«

»Auf wen?«, habe ich gefragt.

Schweigen.

»Und wann kommt er?«

»Er wird nicht kommen.«

»Und warum wartest du dann?«

»Weil man die Hoffnung nicht verlieren darf«, sagtest du.

Weißt du, Ima, später wurde mir das zu einer wichtigen Lektion in Sachen Liebe. Ich war eine gute Schülerin.

Noch fünf Tage

08:53

Der Morgen ist grau und regnerisch, wie zu erwarten in unseren Breiten, Mitte Dezember. Ich habe Mühe, aus dem Bett zu kommen. Durch das Fenster meines Schlafzimmers, in den Wolken, sehe ich ihn, wie man ein Gespenst sieht, und diese Vision versetzt meinem Herzen einen Stoß und lässt mich endlich aus dem Bett steigen.

09:08

Ich bin in der Küche, verquirle Eier für ein Omelette, mache Toast und einen kleinen Salat, serviere mir selbst ein Frühstück.

Guten Morgen, Arik, wie schön, dass du zurück bist. Und das Timing – auch perfekt, passt so was von, sage ich zu ihm.

Zwischen Toast und Salat erinnere ich mich mit kristallener Klarheit an den Tag, an dem mir die Ehre zuteilwurde, die rechte Hand des Kommandeurs zu werden, erinnere mich an die Ausbilderin von uns Rekrutinnen, die mich mit einem normalen Linienbus zu einem Stützpunkt irgendwo in den Jerusalemer Bergen schickte und sagte: Ein wahrer Kampfeinsatz für die Allerschönsten von euch.

»Eine Beauty Queen haben sie uns da geschickt«, verkündete der Wachposten am Tor per Megafon, und der Sergeant, der mich begleitete, plusterte sich auf, kratzfüßelte um mich herum und wollte wissen, ob ich einen Freund habe, ob ich einen Freund habe, ob ich einen Freund habe …

Ich hatte gerade meine Grundausbildung beendet und fand mich in einem Armeebüro wieder, besser gesagt, in einer muffigen Kammer, in deren Mitte ein mit Aktenordnern, Büroklammern, Kugelschreibern und Bleistiften überladener Tisch stand, der – wenn mich meine Erinnerung nicht trügt – auf drei Beinen wackelte, das vierte war durch eine Prothese aus Ziegelsteinen ersetzt. Um den Tisch standen vier Stühle, auf einem von ihnen ein elektrischer Wasserkocher, auf einem zweiten ein Petroleumöfchen und draußen Blitze, Donner, Regengüsse und Hagel. In der Abenddämmerung jenes Tages erschien ein weiterer Soldatengockel, postierte sich in der Tür und krähte, die Offizierin, die mich einweisen sollte, sei erkrankt, und zunächst solle ich Tag und Nacht aufpassen, dass der Petroleumofen nicht explodiert.

Bis heute weiß ich nicht, ob man sich einen Spaß mit mir erlaubt hat oder ob das Ganze ein regulärer Befehl war, was ich allerdings weiß, ist, dass mein Traum, eine Heldin in der glorreichen Armee Israels zu werden, da schon eine kräftige Ohrfeige kassierte – die Stunden verstrichen, und ich begriff: Ich bin allein im Nirgendwo, mit einer Rein-gar-nichts-Aufgabe.

Das alles trage ich gestochen scharf mit mir herum, das Bild meines Soldatinnentums steckt fest in meinem Kopf, eingebrannt als Standbild oder *Freeze* in schmerzlicher Klarheit.

Drei Tage und drei Nächte wachte ich über den brennenden Petroleumofen, damit nicht der ganze Stützpunkt in die

Luft ging, verbrachte die meisten Stunden des Tages damit, auf die Jerusalemer Berge zu starren, wälzte mich in der ersten Nacht auf dem Metallbett hin und her, auf einer pieksenden Strohmatratze und unter einer kratzigen Wolldecke, Laken und Decke in einem. Allein war ich nicht in dieser Nacht. Eine ganze Armada von Flöhen erschien zu Besuch in meinem Bett, sodass ich die folgenden Nachtwachen zerbissen auf einem der Stühle verbrachte und mir die Fußknöchel blutig kratzte. Man sollte meinen, ich sei in offener Feldschlacht besiegt worden, aber ich war zufrieden, meine Aufgabe zu erfüllen und dieses lausige Büro nicht aufzugeben, sondern in bester Tradition der israelischen Verteidigungsstreitkräfte die Stellung zu halten. Im Nachhinein kann man sagen, das war der eigentliche Kampfeinsatz meiner ganzen Armeezeit. Hin und wieder ließen sich die Soldaten des Stützpunkts im Büro blicken, kamen, um sich nach dem Befinden der neuen Soldatin zu erkundigen, offensichtlich, um hinterher über die Länge von Haar und Beinen berichten zu können, über Oberweite, Knackigkeit des Hinterns und die Farbe der Augen.

Und dann erschienst du.

Die Tür des Büros flog auf, ich dachte, es wäre der Wind, aber da sah ich dich. Ich erinnere mich noch gut: ein Soldat in regennassem Armeesteppparka, kleines Bäuchlein, erste Anzeichen einer beginnenden Glatze. Ich schätzte dich auf dreißig, vielleicht ein bisschen darüber, auf jeden Fall warst du in meinen Augen ein Greis, und ich war vor lauter Verzweiflung amüsiert, denn das ganze Szenario erschien mir unwirklich und bizarr. Ich fragte dich, ob du die Offizierin bist, auf die ich wartete, was mich selbst belustigte. Du sagtest, du seist der Kommandeur, ließt mich einfach auflaufen. Ich kapierte, ich muss dir jetzt salutieren, und als ich zum Salutieren in Grundstellung ging, nahmst du auf dem leeren Stuhl neben dem Petroleumofen Platz und deine Augen wanderten über die Konturen meines Körpers.

»Schön«, meintest du wie zu dir selbst. »Die Schönste auf dem Stützpunkt«, und ich schluckte meine Verlegenheit runter und tröstete mich mit der Ehre, die mir gerade zuteilgeworden war, schließlich waren da noch deine Uniform und die Rangabzeichen.

Als der Regen aufhörte, bist du gegangen. »Auf Wiedersehen, Soldatin«, hast du bloß gesagt.

Bevor du zur Tür raus warst, hast du noch schnell eine arme Spinne, die es nicht mehr schaffte, dir zu entkommen, mit deinem Armeestiefel zertreten. Alles hätte hier enden können, doch am Abend wurde ich über die Außenlautsprecher aufgefordert, in die Kommandantur zu kommen. Mit vollem Namen. Ich erschrak. So bin ich, leicht in Panik zu versetzen. Auf meinem Weg zu dir schickten mir die Soldatinnen eifersüchtige Blicke hinterher und die Soldaten begehrliche. Ich spürte, meine Lebensaufgabe als Soldatin der Israelischen Verteidigungsstreitkräfte stand kurz davor, eine entscheidende Wendung zu nehmen.

Außer Atem erreichte ich dein Büro. Du lächeltest mir zu und sagtest, ich sei auf eine Patrouille eingeladen.

Rivi Greenfeld, die Tochter des gebeugten Gemüsehändlers und der melancholischen Fenstersteherin war im Begriff, zu einer nächtlichen Inspektionstour mit dem Kommandeur des Stützpunktes aufzubrechen. Ich war wie gelähmt vor Schreck und Stolz.

Du stecktest dir eine Zigarette an und hieltst auch mir eine hin.

»Nein, danke, ich rauche nicht«, erwiderte ich. Tonloses Stimmchen.

»Gutes Mädchen.« Abermals ein Lächeln.

Vaters bestes Mädchen, schoss es mir durch den Kopf.

Aus einem Zuhause wie dem meinen zur Armee zu gehen, war wie der Übergang vom Zustand der Verpuppung in den eines Schmetterlings, eine regelrechte Metamorphose, wie in der Natur, nichts weniger als das. Das wusstest du natürlich nicht. Heute würde man eine wie mich spaßbefreit nennen, aber damals fand man eine wie mich schlicht brav. Ja, das war ich, brav bis ins Mark. Das Mädchen, das seine Jugendjahre abgeschottet in seinem Zimmer verbracht hatte, vergraben zwischen Romanen und Zeitschriften, immerzu träumend. Und auch als ich achtzehn war, was wusste ich denn, Imas und Abas artiges Mädchen?

Also Arik, mein teurer und wagemutiger Kommandeur, Salz des Landes, Erster unter unseren Söhnen und Liebhabern, wichtig ist mir, und nicht nur fürs Protokoll, festzuhalten, ich habe dich nie wirklich geliebt, nicht deinen schlaffen Körper, nicht deine pathetische Glatze, rein gar nichts an dir. Es waren die Blicke der Soldatinnen und Soldaten, die mich verstehen ließen, ich hatte gewonnen, ich war die Lotto-Toto-Glücksrad-Gewinnerin der Soldatinnen, sah es im Blick der Offizierin, die aus dem Krankenstand zurückkam und Eifersucht versprühte. Dein Fahrer nannte mich »die Königin«, der Koch flüsterte mir zu, »sollen die Neider verrecken«, und das tat mir gut.

Ich dumme Nuss, ich Spatzenhirn.

Trotz aller schmerzhaften Erinnerungen und vielleicht gerade ihretwegen freue ich mich, dass du hier bist, gegenwärtig und greifbar, freue mich, dass du zu mir zurückgekehrt bist. Dein Erscheinen heute Morgen gibt mir das Gefühl, die Dinge, die ich zu schreiben gedenke, werden vielleicht doch – unabhängig von mir – eine Bedeutung haben.

Aber jetzt werde ich, mit deiner Erlaubnis, eine kurze Kaffeepause einschieben. Bis später.

10:12

Mein teurer Kommandeur, da bin ich wieder. Ich nehme an, auch du erinnerst dich noch, wie wir in deinem Armeejeep auf die Jerusalemer Berge zugeschaukelt sind. »Hier habe ich gekämpft, und hier habe ich gesiegt«, sagtest du, erzähltest mir, du habest zu den Befreiern der Klagemauer gehört, habest einen Orden bekommen. Und ich? Was wollte ich denn? Das Schicksal hatte mir ein Wunder beschert, du hast mich in deinen Armen gehalten und mir ins Ohr geflüstert, am Ende des sechsten Tages werde ich dich erobert haben. Zurück auf dem Stützpunkt, notiertest du unser nächstes Treffen in deinem Diensttagebuch unter dem Codewort »Schießstand«.

»Ich bin die Kugel und du das Ziel«, sagtest du.

Das gefiel mir.

Ich begriffsstutzige Nudel.

Am nächsten Tag bei Sonnenuntergang saßen wir abermals in einem Armeejeep, diesmal sollte ich den Befehlsabschnitt Judäa und Samaria kennenlernen, Schlachten und

Eroberungen. Deinen Untergebenen blieb das Anrüchige dieser Unternehmung bestimmt nicht verborgen, und im Nachhinein scheint mir, nur ich verstand nicht, es zu lesen. Ich war das einzige Unschuldslamm auf dem gesamten Stützpunkt, und in der sechsten Nacht hieltest du dein Versprechen und nahmst mich ein.

Apropos, das war das einzige Versprechen, das du gehalten hast.

»Heute Nacht feiern wir«, sagtest du, als wir zum Stützpunkt zurückkehrten. Du hattest den Schlüssel zu einem geheimen Lagerraum, und dort, auf einem Metallbett der Armee, umgeben von Munitionskisten, hast du mich erst gebeten, leise zu sein (»das Bett macht Geräusche, und die Wände sind papierdünn!«), dann hast du dich im Sturmangriff über mich hergemacht. Die Festung wurde erobert, ich leistete keinerlei Widerstand, machte den Mund nicht auf, presste nur die Lippen aufeinander und blutete meine Unschuld in die Matratze. Bis heute habe ich niemandem erzählt, dass das Blut mit dem Verbandsmull aus dem persönlichen Erste-Hilfe-Kasten meines Kommandeurs weggetupft wurde.

Am nächsten Tag warst du verschwunden.

Ich blieb verwundet zurück und fand heraus, ich bin schon nicht mehr das Ziel, denn du liebst sie jungfräulich und reichst sie dann an deine Untergebenen weiter, aber darum geht es gar nicht. Worum es geht, ist, dass *ich* nur *dich* wollte, dass ich nicht aufhören konnte, an dich und nur an dich zu denken. Auch heute frage ich mich noch, ob da Magie im Spiel war oder bloß eine Opferlage. Eine Antwort habe ich nicht.

Ein paar Monate später bist du zu mir zurückgekehrt, hast mich aus der lausigen Schreibstube geholt, in der all die Soldatinnen mich argwöhnisch beäugten, hast mich vor den Tagesbefehlsordnern auf dem ächzenden Schreibtisch gerettet – bis zum Schluss hatte ich nicht verstanden, was ich damit überhaupt machen sollte.

Ich nehme an, dir war zu Ohren gekommen, ich bin das Flittchen der Kompanie, bin *das* Objekt der körperlichen Begierde deiner Offiziere und Soldaten. Das war dir nun auch nicht recht, also zogst du in eine zweite Feldschlacht um mich, ludst mich wieder zu Zeremonien und besonderen Ereignissen ein, erzähltest mir Staatsgeheimnisse, und ich fühlte mich mächtig und stark, Rasseln und Zimbeln, glaubte, du wärst mein, wenn nicht heute dann eben morgen. »Wenn du fertig bist mit der Armee, heiraten wir«, sagtest du. »Wenn du fertig bist mit der Uni.« »Wenn meine Kinder aus dem Haus sind«, versprachst du und batest um meine Geduld und Nachsicht. Und all die nächtlichen Stelldicheins in abgelegenen Winkeln, an heiligen Stätten, in Armeefahrzeugen und natürlich im Waffenarsenal des Stützpunkts, pflegtest du mit einem Satz zu beenden, der mein Herz erbeben ließ. »Rivi, du bist meine Allerschönste«, sagtest du.

Und die Allerbeschränkteste, möchte ich hinzufügen.

Glaub mir, Arik, diesen Text zu schreiben, fällt mir nicht leicht. Ich zittere vom Widerhall und von der Raben Flügelschlag – zu poetisch? Nun, mit deiner Erlaubnis, gönne ich mir jetzt eine Verschnaufpause und esse eine Clementine, denn ich bin, wie du weißt, die Tochter eines Gemüsehändlers und ich liebe Clementinen.

10:31

Uniform, Schweiß, der Duft der Zitrusplantagen und in meinem Kopf das Lied, Glaub-mir-es-kommt-der-Tag, Alles-wird-gut-das-versprech-ich-dir, schmettert es, Werde-kommen-dich-umarmen-und-alles-dir-berichten, so, zwischen einer Clementinenspalte und der nächsten, singe ich, Glaub-mir-es-kommt-der-Tag, Alles-wird-gut-das-versprech-ich-dir …

Ich glaubte, und wie ich es glaubte.

Rechts-links-rechts, Oberleutnant Eli ist verrückt nach mir, Kopf-hoch-Rücken-gerade, Leutnant Ehud lässt die Augen nicht von mir, Schritt-vor, Oberleutnant Scha'uli stellt mir nach, links-rechts-links, Abteilung-Augen-geradeaus! Abteilung-Schritt-vor! Du bist so schön, sagte er zu mir, und mein Vater war so glücklich.

10:48

Ich sammle die Clementinenschalen ein, werfe sie weg, kehre zum Fenster zurück, blicke zum Himmel, folge dem Zug der Wolken. Die Bewölkung ist dicht, kein heilender Sonnenstrahl dringt hindurch, und auch Arik ist fort, doch mit einem Mal bin ich froh, dass er nie wiederkommen wird, nicht sieht, was die Jahre mir angetan haben, dass ich für immer seine Allerschönste bleiben werde, und dann der Schweiß, der rasende Puls, das Zittern am ganzen Körper und tief innen der Schmerz.

13:12

Autos, die draußen vorbeirasen, durchbrechen die nachmittägliche Stille und das Glaub-mir-es-kommt-der-Tag gibt keine Ruhe. Ich halte mir die Ohren zu, aber nur der Verkehrslärm draußen schweigt, das Glaub-mir-es-kommt-der-Tag plärrt immer weiter in mir, Worte und Melodie, bis jemand an meine Tür klopft, mich erlöst aus all meinem Sinnen.

Das Verb »sinnen« habe ich immer geliebt.

Ich spähe durch den Türspion. Odelia. Sie ist es und niemand anders, kein Engel und kein Seraph.

Ich mache nicht auf.

13:14

docbarlev@gmail.com

Betreff: Wiederholte Bitte um Rezept

Ido, entschuldige, aber ich brauche wirklich deine Hilfe. Mein Haus wird abgerissen, und das ist keine Wahnvorstellung, das ist die schlichte Realität. Das Ganze nennt sich »städtisches Erneuerungsprogramm«, und ich werde von Bildern, Stimmen und Tränen überschwemmt, die mir das Hirn zuschnüren. Ich bin kurz davor, in einen Zustand zu geraten, der mir nur allzu bekannt ist, und ich habe keine einzige Xanax mehr.

Mit Dank im Voraus,

Rivi

verschickt

15:09

Plötzlich ist sie wieder da, die Stille, und ich kann sie nicht ertragen. Verlasse, wie ich bin, im Jogginganzug, mit Hausschuhen und Regenschirm, das Haus.

In meinem Alter, sage ich mir, darf man das, niemand wartet mehr an der Straßenecke auf mich, keiner pfeift mir hinterher. Jeden Tag mache ich mich zu diesem halbstündigen Spaziergang auf, der für gewöhnlich in der neuen Sandwich-Bar endet, dort, wo früher Joleks Gemüseladen war, das Obst- und Gemüsegeschäft meines Vaters. In der Sandwich-Bar gibt es jetzt Panini, Ciabatta, Focaccia und Flûtes, aber kein Brot, und ich gestehe, ich liebe diese Auswahl, aber zuweilen stehe ich dort, vor all dieser Vielfalt, und habe einen bis auf die Knochen abgemagerten Mann vor Augen, der in Häftlingskleidung hereinkommt und den näselnden Verkäufer um Brot bittet. Und der: Welches? Darauf der Abgemagerte: Wie, welches? Der Verkäufer versteht nicht, was der Mann von ihm will, und der dreht sich um, verlässt den Laden und meint zu seinem Gott, »Herr der Welt, was hab ich denn gewollt, nur a Stickele Brojt«.

15:39

Auf dem Weg nach Hause, eine Papiertüte mit einer Mozzarella-Focaccia in der Hand, sehe ich an der Bushaltestelle eine Soldatin, die in den Armen eines silberhaarigen Offiziers versinkt. Ein Kuss und noch einer, sie können nicht voneinander lassen. Ich betrachte sie verstohlen, und mein Herz spricht zu ihr, sagt ihr, Liebe ist eine süchtig machende Illusion, auch ich war mal wie du, lag in den Armen von

Männern, die ich liebte, aber das verging, und nichts geschah, wie ich es mir erträumt hatte, wie ich glaubte, dass es sein würde. Schon viele Jahre suche ich nicht mehr nach Glück, begnüge mich mit der Fähigkeit, Enttäuschungen abzuwehren, Schmerzen zu ertragen, kämpfe darum, das weiter zu leben, was noch bleibt. Für einen Moment meine ich, die junge Frau sähe mich an, bin für eine Sekunde versucht, ihr zu sagen, was ich empfinde, aber dann beschließe ich, sie in Frieden zu lassen, denn wer bin ich, dass ich der Liebe im Wege stünde.

16:09
Wieder zu Hause, lasse ich mich in der Küche mit der Foccacia nieder – Mozzarella, Tomaten und Pesto. Ich gestehe, ich begreife nicht wirklich, was sich in meinem Hirn abspielt. Es ist, als kämen Berge von Texten, vor Jahren dort in der Versenkung verschwunden, einer nach dem anderen, jetzt ungefragt herauf.

16:31
»Aba, darf ich vorstellen, das ist Arik, mein Kommandeur«, sagte ich.

»Gott ist mein Zeuge, der Generalstabschef ist in meine Rejsele verliebt«, mein Vater war überwältigt vor Glück. Und er hat Rejsele gesagt, nicht Rivi. Aber das überging ich.

Er ist gerade mal Oberleutnant, wollte ich sagen, aber ich verkniff mir die Bemerkung, warum ihn enttäuschen.

Meine Mutter fragte, ob Euer Ehren Hunger habe, und lud ihn in die Küche ein.

Ich war alarmiert, denn mir war klar, sie würde ihm ausgesuchte Köstlichkeiten der Diasporaküche vorsetzen, sah schon Kalbsfuß in Aspik vor mir, gedünsteten Kohl und stundenlang gekochtes Huhn. Tatsächlich bot sie ihm all das an, aber Arik begnügte sich mit einem Kaffee.

Ihre Hände zitterten, der Kaffee schwappte auf die Untertasse, und nachdem er auch ihren Apfelkuchen abgelehnt hatte, bat sie ihn, doch wenigstens von dem Pflaumenkompott zu probieren …

Ich wünschte, wir würden endlich gehen. Und war erleichtert, als wir es bald darauf taten.

16:43

Ich habe den Panino, oder die Focaccia oder was immer es war, verputzt. Krümel liegen über den ganzen Tisch verstreut, und während ich sie einsammle, frage ich mich, war das schon das Ende der Geschichte? Aber nein, der Abend mit Arik kehrt *en detail* zu mir zurück. Es war ein kurzer und vor allem enttäuschender Abend. Ich wollte in das angesagte Steakhaus gehen, wollte einen Hamburger im Sesambrötchen, aber Arik schlug Falafel auf dem Bezalel-Markt vor. Danach kehrten wir zum Wagen zurück. Und wohin jetzt?, fragte ich. Doch Arik wollte mich nach Hause bringen. Seine Frau habe Verdacht geschöpft, sagte er und deutete auf eine Gestalt am Ende der Straße. »Möglich, dass sie uns verfolgt, und ich will, dass mein Gewissen rein ist.«

Als wir die Gestalt passierten, meinte ich zu erkennen, dass seine Frau einen Bart und Schläfenlocken hatte, aber ich will nicht ausschließen, dass meine Sinne mich täuschten.

Auf die Sache mit dem Gewissen werde ich nicht näher eingehen.

Zu Hause stand meine Mutter am Fenster.

»Ist alles in Ordnung?«, fragte sie.

Ich nickte und flüchtete mich in mein Zimmer, doch da tauchte mein Vater auf, verstört, an der Schwelle zur Panik. »So in Ordnung wie zuvor?«, fragte er.

»Genau wie zuvor«, gab ich zurück.

Nie wäre ihm in den Sinn gekommen, dass die Dinge, vor denen er sich so fürchtete, schon längst passiert waren. Er wusste nicht, dass ich in einer Affäre ohne Ausweg gefangen war, wusste nicht, dass ich mich damit tröstete, ihn zufrieden zu sehen. Wusste nicht, dass ich eine Tochter war, die vor allem zufriedenstellen wollte, die davon träumte, sein allerbestes Mädchen zu sein, seine Rivi. Außerdem, wie soll man sagen, war er ja nicht der Einzige, der sich begeistert zeigte von dem General, der bloß Oberleutnant war. Die Aura unserer heldenhaften Krieger blendete damals alle, mich eingeschlossen.

»Wann wird geheiratet?«, fragte mein Vater am nächsten Tag.

Ich schwieg.

Er ging zum Telefon, und ich wusste, er würde auf dem Stützpunkt anrufen, würde bitten, mit dem Offizier Arik zu sprechen. Ich flehte, er möge auflegen, und als er nicht reagierte, riss ich ihm den Hörer aus der Hand, ließ nicht los, gab nicht nach. Der Kampf währte nur kurz, ich kassierte eine Ohrfeige.

Ich erinnere mich, ich wollte laut schreien, aber da sah ich ihn, aschfahl und zitternd in der Ecke der Küche. Der Telefonhörer hing baumelnd in der Luft und posaunte ein Besetztzeichen vor sich hin.

»Warum lebst du mit ihm?«, fragte ich meine Mutter.

»Was verstehst du denn schon?«, zischte sie.

Ich flüchtete in mein Zimmer, weinte in mein Kopfkissen, ein Sturzbach aus Tränen, und bis Arik mich aus der Armee »entließ«, sprach ich kein Wort mehr mit meinem Vater.

17:17

»Und was jetzt?«, fragte mein Vater mich an dem Tag, an dem ich die Uniform ablegte.

»Nichts«, erwiderte ich, nach über einem Jahr Sprechfasten.

Mein Vater wusste nicht, dass Schuki, der Bruder des Fahrers auf dem Stützpunkt, mir vorgeschlagen hatte, auf einem Pferd reitend Werbung für Nylonstrümpfe der Firma Cancan zu machen. Ich würde wie Twiggy aussehen, sagte er, nur mit mehr Oberweite, weshalb ich hoffte, Arik, der versuchte, mir aus dem Weg zu gehen, würde mein Foto in irgendeinem Klatschblättchen zwischen all den Stars und Schönen entdecken und entsetzt sein.

Kurz darauf war ich tatsächlich auf der Titelseite eines solchen Blattes, hoch zu Ross, in Netzstrümpfen und durchsichtiger Bluse mit erigierten Brustwarzen. Aber entsetzt war nur mein Vater. Er kaufte sämtliche Exemplare des Magazins in den Läden im Viertel und der näheren Umgebung auf und riss sie in Stücke. Und diesmal, da habe ich keinen Zweifel, rief er Arik an, und es kam zur Aussprache zwischen ihnen, an deren Ende Arik versprach, einen Job für mich zu finden, und allem Anschein nach auch beteuerte, es würde eines Tages doch noch eine Hochzeit geben.

Aber das sind alles nur Mutmaßungen, denn ich habe keine andere Erklärung, die plausibel machen würde, wie es kam, dass ich zwei Wochen nach Erscheinen des grandiosen Titelbilds mit Ariks Empfehlung loszog zu einem ersten Vorstellungsgespräch, das auch mein letztes sein sollte.

17:58

Lieber Aba, du hast mich zur Bushaltestelle begleitet.

Unterwegs schwiegen wir, denn zu schweigen, das war unsere Art, und als der Bus kam, hast du gesagt: »Am Ende werdet ihr heiraten.«

Mir war klar, du wusstest nicht, dass ich keineswegs die Nummer eins war bei Arik, ja, dass er verheiratet ist und eine Tochter hat, und bevor ich dazu kam, zu fragen, wie du auf diese Idee kommst, sagtest du, du seist stolz, dass dein Enkel einen Helden zum Vater haben würde.

Lieber Aba, das war einer der seltenen Augenblicke, in denen du mein Herz zutiefst berührt hast, ehrlich. Ich schluckte den Schmerz, der mich packte, und dann kam der Bus, und ich nahm zwei Stufen auf einmal. Du hast noch versucht, mich festzuhalten, hast mich am Arm gefasst, ich verstand, du wolltest mir noch etwas sagen, rangst nach Luft, aber die Worte blieben dir im Hals stecken, und ich ließ mich nicht aufhalten. Du hast keine Ahnung, wie schlecht ich mich hinterher gefühlt habe – und ich werde niemals wissen, was du mir noch sagen wolltest.

Dass der Arbeitsplatz, über den du dich so gefreut hattest, den dein Schwiegersohn in spe mir organisiert hatte, mir solchen Kummer beschert hat, wagte ich nie, dir zu sagen. Arik kam und ging, vor allem jedoch ging er. Und als er dir, offenbar aus Sorge, du könntest sein Treiben öffentlich machen, versprach, eines Tages dein Schwiegersohn zu werden, da hat er dich schlicht angelogen. An Mistkerlen besteht kein Mangel, aber Aba, du sollst wissen, da hatte ich längst begriffen, der Traum von deiner Tochter als Ehefrau des Generalstabschefs würde dir keine Ruhe mehr lassen, weshalb ich nur sagen kann, es ist gut, dass du bis zu deinem Tod fest geglaubt hast, eines Tages werde deine Rivi, oder deine Rejsele, wie du mich immer wieder nanntest, die Frau eines Generals sein.

Und wenn wir schon über den Tag deines Todes reden, dann wirst du mir sicher zustimmen, der kam überraschend.

Es hätte ein weiterer gewöhnlicher Tag werden sollen, du warst am Morgen in deinen Gemüseladen gegangen, aber kurz darauf erschien der Mann von Fruma bei uns, sagte, dein Bein, das du immer das Andenkenbein genannt hast, das, in dem irgendwann im Lager ein Geschosssplitter stecken geblieben war, sei über eine Blechbüchse gestolpert, du seiest nach hinten geflogen und würdest jetzt reglos am Boden liegen, aber der Krankenwagen sei schon unterwegs.

Der Rettungssanitäter, der dann schließlich eintraf, meinte, du seist auf den Schädel gestürzt, und das war's.

So sonderbar sich das auch anhören mag, aber du hattest

den perfekten Tod, hast deine Geschichte auf dieser Welt ohne Leid und Qualen zu Ende gebracht, und mit der Hoffnung, dein Enkel werde einen Helden zum Vater haben.

Na ja, weder das eine noch das andere.

Während der Shiv'a habe ich mich damit getröstet, dass unser Zuhause sich füllte mit Obst, Gemüse und Kondolierenden, die alle meinten, du habest ein besonderes Gespür für süße Wassermelonen gehabt, für saftige Tomaten, überhaupt für all das Grünzeug und die Früchte. Das hat mich gefreut.

Vor allem aber habe ich mich gefreut zu entdecken, dass man dich gemocht hatte. Ja, das waren Tage wie ein Geschenk, bis am sechsten Tag der Schiv'a Amikam in unserer Wohnung erschien, der Moschawnik und dein Kohlrabilieferant, mich anstarrte und sagte, »Dein Vater hat sich große Sorgen um dich gemacht. Du bist mit einer gefährlichen Schönheit gesegnet.«

Ich dachte, das sei ein Kompliment.

Aber dann drängte er sich an mich, und seine Lippen näherten sich. »Dein Vater hat davon geträumt, dass du heiratest«, flüsterte er und ließ seine Zunge in meine Ohrmuschel schnellen.

Und so kam es, dass ich mich in jener Nacht im Traum auf dem Friedhof wiederfand, in einem Brautkleid, auf dem frischen Grab stand die Chuppah, der Traubaldachin, und die Männer von der Beerdigungsbruderschaft Chewra Kadischa sangen mir zu Ehren.

Freude und Jubel, laut, für den Bräutigam und für die Braut.

Und, nur nebenbei, selbst im Traum ist mein Bräutigam nicht erschienen.

Am Morgen fand ich meine Mutter verstört vor. »Dein Vater ist tot, und du singst die ganze Nacht«, sagte sie aufgebracht.

Ich konnte ihr nicht erklären, dass ich nur deinen Wunsch hatte erfüllen wollen, erzählte ihr nicht, dass alles nur wegen Amikam so gekommen ist, dessen Zunge in meinem Ohr stecken geblieben war. Gott ist mein Zeuge, dass ich dir zuliebe Trost gesucht habe, der dir genehm gewesen wäre, ich wollte dir eine Freude machen, und am ersten Tag nach der Schiv'a rief ich, obwohl wir uns da schon geraume Zeit nicht mehr gesehen hatten und eine Art Funkstille herrschte, Arik an und wollte ihm sagen, die Zeit sei gekommen, Versprechen einzulösen.

»Meine Schöne, ich bin gerade mitten in einer Operation in der Machpela-Höhle«, ließ er mich wissen. Er sprach mir sein Beileid aus und fügte wie immer ein »Glaub-mir-es-kommt-der-Tag« hinzu, summte mir den Refrain vor.

Nur zu deiner Information, Aba, dein General ist tatsächlich wieder in mein Leben getreten, hat von Neuem Versprechungen gemacht, und ich habe ihm abermals geglaubt. Ich wusste da bereits, sein Freund Michael, mein Boss und – wie sich zeigen sollte – die Liebe meines Lebens, war ebenfalls verheiratet und hatte zudem noch eine Affäre laufen mit der Reporterin irgendeines Konkurrenzblattes, sodass ich in dieser Geschichte bestenfalls die Nummer drei sein konnte, und das allein tat mir bereits maßlos weh. Also ließ ich mich abermals verführen, glaubte, diesmal würde es mit Arik vielleicht wirklich klappen, aber auch diesmal wurde natürlich nichts daraus. Sein Glaub-mir-es-kommt-der-Tag bringt mich noch immer aus dem Gleichgewicht, Worte und

Melodie in Dauerschleife verquirlen mir das Hirn, es gelingt mir nicht, sie zum Schweigen zu bringen. Aber vielleicht sollte ich mich freuen, dass ich endlich, nach mehr als vierzig Jahren, mit dir rede, man könnte ja meinen, dass mir plötzlich alles möglich erscheint, dass man die Hoffnung nicht aufgeben darf. Bei näherem, etwas mehr der Wirklichkeit verpflichtetem Nachdenken allerdings frage ich mich, ob es nicht richtiger ist, nichts zu erhoffen.

18:19

Der Wind wird stärker, pfeift mir in den Ohren, die Eingangstür knarrt in den Angeln, als wollte sie gleich aufspringen, ich spüre, dass das Zimmer zu einer Seite kippt und ich zur anderen, und werde das Gefühl nicht los, mein Vater und meine Mutter kommen jeden Augenblick herein, um mir beizustehen, die verfluchte Stadterneuerung aus dem Feld zu schlagen. Ich male mir aus, wie sie beide vor Gericht erscheinen und dort vor den Richtern des Staates Israel behaupten, man könne einen Menschen nicht aus seinem Haus vertreiben, erst recht nicht im Staat der Juden, so stehe es geschrieben auf den Geschichtsseiten der Schoah. Ich klammere mich an die Hoffnung, dass am Ende sie es sein werden, die die Zerstörung aufhalten, diese Hoffnung erscheint mir wirklich konkret, aber das Bild von ihnen im Gerichtssaal ist plötzlich nicht mehr greifbar, und alles, was ich möchte, ist, dass sie mir sagen, alles kommt in Ordnung, möchte, dass meine Mutter Hühnersuppe und Schnitzel zubereitet, bloß Imas schlichte Hühnerbrühe, und Schnitzel mit Püree und gerösteten Zwiebeln darüber, und dass sie nachts kommt und mich zu Bett bringt, allein bei diesem Gedanken rolle ich mich innerlich wohlig zusammen, und mein Herz wird ruhig.

Als der Wind nachlässt und die Stille zurückkehrt, sage ich mir, das sind Hirngespinste, Realitätsverleugnung und Sehnsüchte, und ich frage mich, welche Frau kommt mit neunundsechzig auf die Idee, die eigenen Eltern würden sie erlösen. Ich herrsche also die sich spaltenden Fragmente meiner Seele an, rufe sie zur Ordnung, verlasse die Küche und trete ans Fenster.

18:45

»Wann zieht 'n das Tantchen ab?«, fragt einer der Möbelpacker, während er das letzte Möbelstück aus der Wohnung eines Nachbarn im Umzugslaster verstaut.

»Meinen Sie mich?«, frage ich.

»Warum, wer is'n sonst noch hier?«, lacht er.

»Werteste, Sie sollten mal aufwachen. Wie Sie sehen, wird der Laden hier dichtgemacht«, sagt der andere. Ich fange den spöttischen Blick der beiden auf und bleibe stumm.

Sie steigen ein, und ich höre ihr Gelächter, und als sie den Lkw anlassen und wegfahren, spüre ich die Bitterkeit in mir. Ich bleibe am Fenster und schaue auf unseren Hof, auf die Beete, in denen einst Ringelblumen blühten, Stiefmütterchen, Tulpen und Rosen. Heute ist alles von verdorrtem Gras und Unkraut bedeckt, und nur die Zypresse, die mein Vater am Tag meiner Geburt gepflanzt hatte, steht noch an Ort und Stelle. Ich betrachte den Baum und erinnere mich, dass, als ich eines Tages die Zypresse wässerte, Schimon, der Beau des Viertels, am Tor stand, mich ansah und sagte, er sei verliebt in mich und hätte gern einen Kuss auf den Mund. Zwei Tage danach erschien Adi und sagte, auch er sei in mich verliebt und wolle dasselbe wie Schimon, und dann lachte er und sagte, alle wüssten, dass ich mit jedem rumknutsche, der kommt.

Großer Gott, wie einfach es ist, jemanden zu demütigen … Noch heute höre ich das hallende Echo ihres Lachens.

19:47
MichaelS@gmail.com

Michael, weißt du, woran ich gerade denken muss? Ich denke an das Zittern, das mich überkam, an dem Tag, an dem du mich zu einem Vieraugengespräch in dein Büro zitiertest. Im Drehbuch, das in meinem Kopf lief, war mir klar, du würdest sagen, du hast dich verliebt. Aber als ich mit schlotternden Knien und flatterndem rechten Augenlid deine Liebeserklärung erwartete, fragtest du: »Rivi, wie geht's dir im Job?« Fragtest trocken, ob ich irgendwelche Wünsche hätte. Ich erinnere mich, dass ich dir etwas vorstammelte, wie gerne ich für das Feuilleton schreiben würde, dass ich jede Menge Bücher läse und vorhätte, Literaturwissenschaften zu studieren. Ja, ich wollte Eindruck schinden. Doch du sagtest nur, du habest keinen Zweifel, dass ich die nötige Begabung mitbrächte und dazu einen Wortschatz wie von Shakespeare, dass ich aber – deiner Meinung nach – bei Punkt und Komma bestens aufgehoben sei.

Das war ein Realitätsschock für mich, und offenbar registriertest du meine Gefühle, denn du beugtest dich zu mir, umfasstest meine Hüfte und sagtest, ich sei die beste Korrektorin, die du dir hättest wünschen können, sagtest, ich sei das größte Geschenk für dich. Und so hoffte ich unverdrossen weiter, mithilfe von Punkt, Komma und Geduld würde unsere Liebe eines Tages wahr werden.

Ich Törin.

Wenn ich mich heute frage, wie ich einer derart abwegigen Hoffnung verfallen konnte, denke ich, allein wäre das gar nicht möglich gewesen, du musst daran beteiligt gewesen sein, musst deinen Teil dazu beigetragen, musst es verstanden haben, Träume in mir zu entfachen, musst gewusst haben, ich grabe in deinem Leben, schnüffle in deinen Schubladen und Unterlagen, gucke heimlich in deine Brieftasche und deinen Terminkalender, weiß deinen Tagesablauf auswendig, kenne Namen und Geheimnisse. Unzählige Male hast du mich auf allen vieren unter deinem Schreibtisch erwischt, wo ich eine Büroklammer oder einen angeblich verlorenen Ohrring suchte. – Wie kann es sein, dass du keine Angst hattest vor einer Korrektorin, die ständig unter deinem Schreibtisch herumkrabbelt?

verschickt

20:29

So, das war's, signalisieren mir mein Rücken und meine Hand, das stundenlange Schreiben auf einer Tastatur sind sie schon nicht mehr gewohnt. Sechs Jahre bin ich jetzt nicht mehr berufstätig, und auch meine Augen sind jetzt schwächer, ich sehe den Bildschirm inzwischen wie durch einen Nebel.

Ich koche mir eine Gemüsebrühe und brate ein Schnitzel, da höre ich Schritte draußen, und noch ehe geklopft wird, weiß ich, es ist Odelia. Wer sonst könnte es sein? Und diesmal öffne ich die Tür, in der Hoffnung, auf diese Weise den Schwall an Erinnerungen und Erschütterungen einzudämmen.

21:45
odeliaor@gmail.com
Betreff: Einige Worte zu Ihrem Besuch

Odelia, ich hoffe, Sie fühlen sich jetzt besser – ich gestehe, das war in der Tat ein peinlicher Moment, als Sie da vor meiner Tür standen, kalkweiß wie die Wand, und glaubten, Sie müssten sich gleich übergeben.

Leute, die in Ohnmacht fallen oder sich übergeben vor meiner Tür, fehlen mir gerade noch.

Ich war wirklich erschrocken und erst etwas beruhigt, als die Farbe in Ihr Gesicht zurückkehrte. War froh, dass Sie sich nicht übergeben haben. Auf jeden Fall aber will ich Ihnen sagen, es hat mich berührt, als Sie sagten, »wir sind schwanger«. Und es tut mir ehrlich leid, sollte ich Sie vor den Kopf gestoßen haben, als ich streng zurückfragte, wer denn *wir* seien. Sie müssen wissen, das ist nichts Persönliches, aber ich war eine leidenschaftliche Korrektorin und bin aufs Tiefste verbunden mit korrektem Hebräisch, liebe es, wenn man unsere Sprache akkurat verwendet, und es tut mir körperlich weh, wenn man sie verunstaltet. Wie auch immer, mit dem »wir sind schwanger« tue ich mich schwer, gedenke aber nicht, mich da auf eine Debatte einzulassen. Vielmehr möchte ich hinzufügen, es hat mich auch gerührt, als Sie sagten, Sie mögen es, wenn ich am Fenster singe, worauf ich Sie, wenn Sie sich erinnern, mit einer Spontaneität, die in der Regel nicht zu meinen Stärken zählt, einlud, doch mal auf einen Kaffee vorbeizuschauen.

Damit Sie es wissen: Das war auch so gemeint.

Von mir,

Ihrer Nachbarin

verschickt

22:12

MichaelS@gmail.com

Betreff: Berufliches

Michael, wie soll ich es sagen, offenbar wirst du für mich für immer die letzte Instanz in Sachen Sprache bleiben, und daher bin ich neugierig zu erfahren, was hältst du von jungen Leuten, die sagen, »Wir sind schwanger«? Das ist zumindest, was Odelia, meine Stadterneuerin, heute zu mir gesagt hat. Mich bringt das auf die Palme. »Wir sind schwanger«, »wir bekommen ein Kind«. Ich habe das Gefühl, so sorgt man für babylonische Verwirrung, nicht nur in der Sprache, sondern auch in der Natur – *Baruch HaSchem*. Wie stehst du dazu?

Ich harre deiner Antwort. Und entsinne mich (mit einem

befriedigten Lächeln, auch das kommt bei mir vor), wie du dich einmal geweigert hast, in einem deiner Leitartikel über einen Terroristen zu schreiben, er sei »neutralisiert« worden; du hast darauf bestanden, zu schreiben, »wurde durch eine Kugel unserer Einsatzkräfte getötet«. Und wie du irgendwann der letzte Chefredakteur warst, der in seinen Kommentaren konsequent den Begriff »besetzte Gebiete« und nicht »befreite Gebiete« verwendete. Du weißt, ich habe keine Ahnung von Politik, bin nur Expertin für Irrtümer des Herzens und für Träumereien, aber damit du es weißt, ich habe dich immer verehrt für deine Genauigkeit und deine Verpflichtung dem Wort und seinen Bedeutungen gegenüber.

Plötzlich trifft mich all das Gute, das zwischen uns war, mit voller Wucht, und ich begreife, dass du noch immer einen wichtigen Platz in meinem Herzen einnimmst, und dass ich Mühe habe zu glauben, wie viele Jahre vergangen sind und dass wir vielleicht schon am Ende unseres Weges stehen.

Die Deine,

Rivi

nicht verschickt

22:16

Ich starre auf den Bildschirm des Computers und versuche, mir Michael heute vorzustellen, versuche, mir diesen Mann mit Falten, mit weißem Haar oder Glatze auszumalen, und vermag es nicht. Ich kann ihn nicht denken als alten Mann, und auch vorhin, da schrieb ich, die junge Frau, die ich war, an den jungen Mann, der er einst gewesen ist. Und ich spüre, den Platz der Träume, der Hoffnungen und Begierden, den hält heute vor allem die Sehnsucht besetzt, und auch wenn Michael diese Worte hier niemals lesen wird, bin ich, wie es scheint, gezwungen, sie zu schreiben.

22:22
Großer Gott, wusstest du, dass die Vergangenheit niemals etwas ist, das aus und vorbei ist?

22:51
MichaelS@gmail.com

Michael,

der Winter 1992 war für mich besonders kalt und schmerzlich. Am Ende der Schiv'a für meine Mutter, seligen Angedenkens, kam ich zurück ins Büro, bei der Kaffeeecke trafen wir uns, und du fragtest mich, ob du vielleicht ihr Zimmer mieten könntest.

Du trugst ein blaues Poloshirt von Lacoste, Designerjeans und ein Vintage-Sakko (auch wenn man das damals noch nicht sagte). Eine grau melierte Haarsträhne fiel dir in die Stirn. Wie üblich hattest du eine ausgegangene Zigarette zwischen den Fingern, und ich brachte – wie immer – nur ein unbeholfenes Gestammel zustande.

Du legtest mir die Hand auf die Schulter, sagtest, so würde nachts jemand in ihrem Zimmer schlafen, und schautest mich mit diesem intensiven, magnetischen Blick an, von dem ich dachte, er sei nur für mich reserviert. Und wie üblich ließ ich einen von meinen Heliumballons in den Himmel steigen und entschied, du suchtest anscheinend nach einem Vorwand, bei mir einzuziehen.

Ich Mondkalb, ich Kürbisschädel.

Am Ende dieses Arbeitstages führte ich mich auf wie eine Braut in spe, kaufte eine Tagesdecke, neue Bettwäsche, Handtücher, gönnte uns eine neue Klobürste, bestellte einen Tischler, um den aus dem Leim gegangenen Fensterladen zu reparieren, und ließ einen Schlüssel nachmachen. Als ich nach Hause kam, machte ich mich daran, Toilette und Waschbecken zu scheuern, und brachte die Fenster auf Hochglanz. Dann bekam ich Fieber und vom Arzt für vier Tage eine Krankschreibung.

Dir zu Ehren sei gesagt, du hast immerhin angerufen, um dich nach meinem Befinden zu erkundigen, hast dich entschuldigt, dass du es nicht schaffen würdest vorbeizukommen, hast gesagt, Attentate, Explosionen, hast gesagt, »Rivi, ich hab irre viel zu tun«, und nach vier Tagen war ich wieder im Büro.

»Rivi, Schatz, lass uns das ganz korrekt machen«, sagtest du und legtest mir einen ausgedruckten Untermietvertrag auf den Tisch.

Ich unterschrieb und fragte sofort, wann du denn kommst, und du sagtest, je nachdem.

Wenn-er-nur-kommt … Wenn-Gott-es-will … Ich ließ die Kassette, die in meinem Kopf steckte, zurückspulen.

Zwei Wochen später überraschtest du mich mitten in der Nacht. Ich lag in meinem Bett, war schon fast eingeschlafen.

Ich eilte ins Zimmer meiner Mutter. Du lagst auf ihrem Bett, ich schmiegte mich an dich, ein Gefühl wohliger Wärme durchflutete mich, ich spürte, wie ich in einen Zauberkreis gezogen wurde, und flüsterte dir zu, dass ich dich liebe, doch du stelltest klar, du seist nur für eine kurze Verschnaufpause und zum Duschen gekommen, sagtest, du müssest zurück in die Redaktion, vor ein paar Minuten sei etwas Dringliches auf deinem Tisch gelandet.

Damit du es weißt, ich habe Dringlichem immer schon misstraut, weiß aus Erfahrung, dass alle Lügner immer etwas Dringliches in petto haben, eine Intifada in Jokne'am, Haie in Eilat, Schüsse in der Machpela-Höhle.

Du hast geduscht und bist gegangen, nur du weißt, wohin, und ich wusste nicht, was mehr wehtat, dass meine Mutter tot war oder wie du mich behandeltest.

Das war die einzige Nacht, in der ich in ihrem Bett geschlafen habe, und am nächsten Tag – *Camouflage* – waren wir wieder beim business as usual.

Ein Monat verging, und dann sagtest du, en passant auf dem Redaktionsflur, eine Freundin von dir, eine deutsche Journalistin, komme nach Tel Aviv, und du würdest mich gern um Erlaubnis bitten, dass sie im Zimmer meiner Mutter schlafen könne, bis sie eine Wohnung gefunden habe. Und Nein sagen, das kann ich nicht.

Unmittelbar nach diesem Gespräch wurde ich befördert.

»Rivi, von heute an bist du unsere Korrektorin für die Nachrichtenseiten.« Für eine Weile schwebte ich auf Wolken, aber dann ging mir auf, die Beförderung war mit Nachtschichten verbunden. Panisch stürmte ich in dein Büro, protestierte!

»Rivi, das ist die Schicht, die alle wollen«, sagtest du und gabst mir das Gefühl, das große Los gezogen zu haben.

Ich saß in der Falle.

Fühlte mich idiotisch.

Wie bist du nur auf diese Idee gekommen, Korrektorin der Nachrichtenseite?

Ich!!!

Du wusstest, ich träumte davon, Redakteurin der Literatur- und Kulturbeilage zu werden, du hattest mir Talent und sogar ein geradezu shakespearehaftes Vokabular bescheinigt, und jetzt schicktest du mich zu den Nachrichtenseiten?

Nun ja. Heute begreife ich, begreife vollkommen. Es war eine verkürzte Schicht, nur sechs anstatt acht Stunden, aber wie lange braucht man für Sex?

Wie immer kapitulierte ich vor dir, und so kam es, dass ich zu Uhrzeiten, in denen Liebende sich üblicherweise lieben, mit Terroranschlägen, Verkehrsunfällen, Korruptionsskandalen und sonstigen echten Dingen des Lebens beschäftigt war. Wenn ich am Ende meiner Nachtschicht nach Hause zurückkehrte, fand ich das Zimmer meiner Mutter fast immer leer vor. Wohl gab es Indizien, kleine Anhaltspunkte für die sporadische Anwesenheit eines anderen, ein nasses Handtuch, eine Toilettenrolle, die abgenommen hatte, ein Stück Seife, das nicht an Ort und Stelle lag (was das betrifft, bin ich obsessiv, bei mir hat alles seinen Platz). Aber die Frage, wie es sein konnte, dass ich meine deutsche Untermieterin nie antraf, ließ ich nicht zu, nur um weiter zu hoffen, sie sei bloß eine Freundin, eine Bekannte, wie du gesagt hattest.

Eine Absteige, das ist es, was du damals aus dem Schlafzimmer meiner Mutter gemacht hast, und heute bin ich endlich fähig, die Dinge zu sehen, wie sie sind.

Verfluchte Wirklichkeit.

Rivi

PS: Sollten dich meine Ergüsse allzu sehr belästigen, Michael, kannst du gerne einfach auf Löschen drücken.

verschickt

23:02
WhatsApp

Noah, jetzt ist es spät, ich antworte dir morgen, versprochen. Die letzten Stunden habe ich mit Michael abgerechnet, er geht mir nicht aus der Seele. Habe ihn mit E-Mails bombardiert, du weißt ja, Twitter ist nicht meine Form.

Haha.

Gute Nacht.

23:19
MichaelS@gmail.com
Betreff: Anita

Michael, auch der Februar 1994 geht mir nicht aus dem Kopf, es war ein unerquickliches und unvergessliches Purimfest. Das Schicksal wollte es, dass Baruch Goldstein, dieses menschliche Monster, ausgerechnet in meiner Nachtschicht beschloss, sein Massaker an muslimischen Betenden in der Machpela-Höhle zu verüben. Das Ereignis brachte mich vollkommen aus dem Gleichgewicht. Ich weiß, du hast keine Ahnung, dass Hebron und besonders die Machpela-Höhle nicht bloß irgendwelche Orte für mich sind, dass dein perverser Freund Arik, Friede sei mit ihm, diesen Ort liebte, dort lebte er seine Begierde aus, aber das ist gerade nicht das Thema.

Als die Meldungen über die vielen Toten und Verletzten reinkamen, bat ich den Schichtdienstkoordinator, nach Hause gehen zu dürfen. Ich schloss die Tür auf, hörte Stimmen, näherte mich dem Zimmer meiner Mutter, wartete noch ein paar Sekunden vor der Tür, bis ich all meinen Mut beisammenhatte und anklopfte.

»Darf ich vorstellen, das ist Anita, die Kollegin aus Deutschland«, sagtest du gleichmütig, und ich tröstete mich damit, euch angekleidet und die Nachrichten verfolgend angetroffen zu haben.

»Habt ihr die Nachrichten gehört?«, was anderes fiel mir nicht ein.

»Ja«, erwidertest du, ohne mit der Wimper zu zucken. »Und angesichts der Umstände müssen wir jetzt los und uns um diese scheußliche Sache dort in Hebron kümmern.«

Welche Umstände – Baruch Goldstein oder ich?

»Gute Nacht, Süße«, flüstertest du, als du an mir vorbeimusstest, strichst mir beiläufig über den Po, und ich sagte kein Wort.

Ich habe kein Auge zugemacht in dieser Nacht, war gefangen zwischen meinen Träumen, deinen Lügen, der traurigen Realität meines Lebens. Am nächsten Tag ludst du mich auf einen Kaffee um sechs ein. Ich habe eine ganze

Theorie zu diesem »Kaffee um sechs«. Es ist die Kaffeezeit der Männer, die fremdgehen.

Aber darauf will ich nicht näher eingehen.

»Rivi, Liebste«, sagtest du mit sentimentalem Blick. »Du weißt ja, ich habe eine Frau und zwei kleine Kinder, und wenn ich sie verlassen würde, dann nur für dich.« Du bist einfach unschlagbar.

Und ich? Ich blieb die klassische Einfalt, auch wenn die Begegnung mit Anita mich so schmerzte, dass ich spürte, meine Liebe zu dir muss aufhören. Aber weder die Liebe hörte auf noch die Hoffnung, und auch der Schmerz nicht, er legte sich mir nur schwerer auf die Seele. Bis heute. Ich wünschte, ich könnte ausruhen von der Last dieser Erinnerungen.

Bye

verschickt

00:08

Sonja ist schon lange nicht mehr, und gut möglich, dass nur ich mich noch an sie erinnere. Der Gedanke trifft mich mit Wucht, weitere Menschen kommen mir in den Sinn, die hier waren und an die sich niemand mehr erinnern wird.

Ich hebe die Augen zum Himmel, folge einer vorüberziehenden Wolke, und dann sind Sterne zu sehen und der Mond, er hat einen Hof, der sieht aus wie ein Schweif.

00:23

Kleine Rejsele, jetzt entsinne ich mich, als ich ungefähr sieben war, bat ich meine Mutter eines Tages, mir von dir zu erzählen. Ima sagte nur, du seist ein Stern am Himmel. Und so brachte sie mich zum Schweigen.

Ein paar Monate danach war ich mit ihr auf dem Carmel-Markt, und dort, an einem Stand mit Sonnenblumenkernen, Nüssen und Pistazien, sah ich ein kleines Mädchen, das neben der Kasse saß und das Lied »Mutter ist mir teuer« vor sich hin sang. Und plötzlich wusste ich, das bist du, »das ist Rejsele«, rief ich, »wir müssen sie zurück zu Aba bringen«.

Aber Ima sagte, »Rejsele ist an einen Ort gegangen, von dem niemand zurückgekehrt ist«. Und sie bat mich, Aba niemals mit solchem Unsinn zu kommen. »Auch so«, sagte sie, »ist er nur ein halber Mensch.« Sie drückte mir ganz fest die Hand, gab alle weiteren Besorgungen auf und wollte so schnell wie möglich zurück nach Hause.

Einige Zeit später verkündete unser Gesangslehrer, es werde eine Aufnahmeprüfung für den Schulchor geben, und ich beschloss, das Lied von Rejsele zu singen.

Weißt du, Rejsele, jedes Mal, wenn meine Mutter es vor sich hin sang, weinte Aba.

Und auch unser Gesangslehrer weinte, als ich es sang, und ich wurde in den Chor aufgenommen.

An diesem Tag begann ich, Tagebuch zu führen. Ich schrieb dir, dieses Lied sei auf Jiddisch verfasst und die Worte stammten von Mordechai Gebirtig, den meine Mutter persönlich gekannt hatte, er war mit ihr in derselben Schoah. So redet meine Mutter, ihr Hebräisch ist nicht so gut, und der Krieg, weißt du, in dem du ermordet wurdest, das war der Zweite Weltkrieg, und ein anderer Name dafür ist Schoah – Unheil, Verhängnis. Wie es geschrieben steht: *Nun kommt auf dich ein Unheil, kannst's nicht erforschen, befällt Verhängnis dich, kannst es nicht sühnen.*

Rejsele, es macht mich glücklich, dass du zu mir zurückkehrst, und ich möchte dieses Lied für dich singen.

Stejht sich dort in Gessele, still fartracht, a Hajsele.
Drinnen ojfn Bojdem-Stibl wojhnt mein tajer Rejsele.
Jedn Ovnt vorn Hajsele drejh ich sich arum,
ch'gib a Pfeif un ruf ojs: »Rejsel, kumm, kumm, kumm!«

Hörst du?

Effnet sich a Fensterl, wacht ojf s'alte Hajsele,
un bald klingt in stilln Gessele a sis Kol, s'redt Rejsele:
»Noch a Weile wart, mein Lieber, bald vel ich sein frei.
Gejh sich noch a por Mol iber, eins, zwei, drei.«

Kennst du das?

Gejh ich mir a frejlicher, sing un knack mir Nisselech,
hör ich ojf die Treppelech springen ihre drobne Fisselech.
Schojn arob von letztn Treppl, ch'nehm sie lieb arum,
ch'gib ihr still a Kush in Kepl – kumm, kumm, kumm!

Ch'will dir sogn, Dovedl, sollst arojf nit pfeifen mehr.
»Hör, er pfeift schojn«, sogt die Mamme, sie is frumm.
S'vardrießt sie sejer,

Pfeif, sogt sie, is nit jiddisch. S'passt blojß vor sej,
gib a Zeichen prost ojf Jiddisch, eins, zwei, drei!

Erinnerst du dich?

Gejh ich mir a frejlicher, sing un knack mir Nisselech,
hör ich ojf die Treppelech lojfen ihre drobne Fisselech.
Wieder stejht fartracht dos Gessele, s'Hajsel wieder stumm.
Kumm zu mir in Cholem, Rejsel, kumm, kumm, kumm!

Rejsele, weißt du, ich habe so viele Jahre davon geträumt, dich zu finden, träumte, wen auch immer auszutricksen und dich nach Hause zu bringen. Ich dachte, Aba würde einen Glücksschock kriegen. Ich wollte ihn fröhlich machen, aber es ist mir nicht gelungen.

Als ich in der dritten Klasse war, wollte ich, dass du alles lernst, was ich auch lerne. Geschichte, Bibel- und Heimatkunde, ich gewöhnte mir an, bei den Hausaufgaben alle Fragen laut zu beantworten, damit du die Antworten hörtest. Und ich ließ dich an einem von einer Kinderzeitung ausgeschriebenen Aufsatzwettbewerb teilnehmen. Ich verfasste eine Geschichte über ein achtjähriges Mädchen, das aus dem Himmel auf mich herabschaut und alles sieht und hört, was mir passiert, und unterschrieb mit deinem Namen. Ich schrieb dich. Und ich war sicher, wir gewinnen den Preis.

Wir haben nicht gewonnen.

Als ich etwas älter war, vierzehn oder fünfzehn vielleicht, habe ich jedes etwa achtjährige Mädchen, dem ich begegnet bin, gefragt, ob es Rejsele heißt. Ein irrationaler, sogar idiotischer Impuls, schließlich heißt niemand in Israel Rejsele, die Mädchen in Israel heißen Neta und Dana, oder sie haben biblische Namen wie Michal und Avigail, und wenn schon Rejsele, dann hätte man dich Schosch oder Schoschana genannt oder Vered oder Rivka, was, wie du weißt, mein Name ist, auch wenn ich die meiste Zeit meines Lebens Rivi war.

In den letzten Tagen, beim Packen, habe ich so gehofft, ich würde irgendwo in der Wohnung ein Bild von dir finden, oder einen Brief, aber ich fand rein gar nichts. Und der Gedanke, dass du am Ende nichts und niemand sein wirst, Staub und Asche, wie Sonja, wie Fruma und Bluma, wie Ima und Aba, bringt mich um den Verstand. Vielleicht wirst du sogar noch mehr nichts sein als sie, denn an sie wird sich jemand erinnern.

So, bis hierher.

Es ist spät.

Deine Rivi

01:06

Ich habe mir Gesicht und Hände vor dem beschlagenen Spiegel abgespült, und meistens ist mir dieser verschwommene Anblick meiner selbst am angenehmsten. Aber heute Nacht habe ich aus irgendeinem Grund das beschlagene Glas mit dem Handrücken freigewischt und mein Gesicht von einst gesehen, sah, wie meine Mutter mir die Haare kämmte, mir Zöpfe flocht, jeden mit einem Band und einer Schleife versah, und ich dachte daran, dass niemand außer ihr mich jemals so gekämmt hat, so mit Liebe, dass niemand außer ihr mir eine rosafarbene Schleife ins Haar gebunden hat, dass niemand außer ihr gesagt hat, ich sei ihr Geschenk, und das genau so meinte. Ich fragte mich, ob Rejsele auch Zöpfe gehabt hatte, und da sah ich sie, sah ihr engelsgleiches Gesicht, die tiefe Blässe, die großen, angstvollen Augen und die langen, schönen Zöpfe, die sie hatte, oder vielleicht auch nicht, und danach versank alles um mich herum im Dunkel, und mir war klar, es wird Zeit, den Tag zu beschließen.

01:48

Ich kann nicht einschlafen, wälze mich hin und her, und da, gegen meinen Willen, taucht er auf, Amikam, und ich weiß, auch mit ihm habe ich eine offene Rechnung, die ich endlich begleichen will. It's now or never.

02:17

Amiorg@gmail.com

Betreff: Eine ausstehende Schuld

Schalom, Amikam, ich bin's, Rivi mit den Sabres, die Tochter von Jolek und Atke. Deine Frau wird in Kürze einen umfassenden und detaillierten Bericht erhalten über das »Tchiki Tchiki« und all den Spaß, den du mir versprochen hattest.

verschickt

02:19

»Durchdringt die Vergangenheit die Gegenwart, gewinnt sie immer mehr an Kraft.« Ich habe keine Ahnung, von wem dieser Satz stammt, aber ich weiß, wie wahr er ist.

02:58

docbarlev@gmail.com

Lieber Ido, bitte, bitte verzeih die wirklich späte Stunde. Aber ich spüre, ich bin im freien Fall, und so verrückt das klingen mag, aber es ist wegen einer Sache, die mir vor vierzig Jahren passiert ist. Heute Nacht ist es zurückgekehrt, und mein Körper hat komplett die Kontrolle verloren, auch über sämtliche Schließmuskeln.

Er hieß Amikam. Ich traf ihn zum ersten Mal während der Schiv'a meines Vaters, und danach erschien er regelmäßig in unserem Gemüseladen, sagte, er komme, um zu helfen, es habe ihn berührt, zu hören, dass meine Mutter sich nach dem Tod meines Vaters entschlossen hatte, den Laden allein weiterzuführen. Jedes Mal, wenn ich ihn im Laden traf, fügte er seinen Elogen über meine Schönheit eine kleine Umarmung, ein flüchtiges Küsschen, ein Kneifen in die Wange oder den Po hinzu, bis er eines Tages bat, ich solle mit ihm in den Raum kommen, wo das Gemüse und das Obst lagerten. Dort bot er mir eine frische Kaktusfeige – eine Sabra – an, zeigte mir, wie man die dornige Schale öffnet, und während ich damit beschäftigt war, die Frucht zu essen, versuchte er, mich zu küssen, ins Ohr, genau wie damals, während der Schiv'a meines Vaters, doch diesmal gelang es mir, den Kopf wegzudrehen. »Rivi, nur ein schnelles Tchiki Tchiki«, keuchte er, holte sein Glied raus, hob mein Kleid an, hielt mich fest und versprach, ich würde Spaß haben. Ganz viel Spaß, sagte er.

Ido, was macht man mit einer solchen Erinnerung? Es tut mir wirklich leid, Ido, ich wünschte, ich käme ohne dich aus, aber ich brauche dich noch einmal, ich brauche meine Xanax.

Danke!

Rivi

verschickt

03:04

Ich habe den Geschmack von Sabres im Mund und kribbelnde Finger, laufe von einem Zimmer ins nächste und rede wieder mit Rejsele, brauche eine Xanax, jetzt, jetzt sofort, fange in einem Anfall an, die Kartons zu durchwühlen, die ich bereits gepackt habe.

03:48

docbarlev@gmail.com

Ido, ich fand in einem der Kartons eine Schachtel Xanax, in der noch eine allerletzte Tablette war. Sie ist abgelaufen, aber ich nehme sie. Sie wird mir guttun. Weißt du eigentlich, dass mich außer dir noch nie jemand gefragt hat: »Rivi, was tut dir wirklich weh?«

Ido, danke für alles und besonders dafür, dass du gefragt hast. Und mach dir keine Sorgen. Ich werde okay sein, ich gehe jetzt ins Bett, mache die Augen zu und warte, bis das Xanax meinen Körper, meine Seele besänftigt, warte, bis der Sturm vorüber ist.

Gute Nacht,

Rivi

verschickt

03:59

Meine liebe Schwester, komm, lass uns gemeinsam schlafen gehn, wir knacken Nüsselein, vielleicht hör ich auf der Treppe deine Füßelein, Rejsele, ich schließ die Augen, und wieder steht versonnen die Gasse, wieder ist das Häusel stumm, im Traum, Rejsel, zu mir kumm, kumm, kumm!

Noch vier Tage

07:06
docbarlev@gmail.com

Ido, guten Morgen! Ruhe und Stille. Die Xanax hat gewirkt, ich bin ganz gelassen aufgestanden und spüre, jetzt ist der Moment, dir etwas zu erzählen, das ich lange für mich behalten habe.

Also.

Es ist das Jahr 2006, der zweite Libanon-Krieg ist in vollem Gange, ich sitze in der Redaktion und verfasse eine Meldung über den achtundachtzigsten Toten auf unserer Seite und weiß sofort, es ist dein Sohn.

Ich rief dich an, und du batest, ich solle weder zur Beisetzung noch zur Schiv'a kommen, du sagtest, es wäre unpassend. Ich wusste da schon so einiges vom Leben und verstand, lädt man mich nicht zur Beerdigung ein und bittet mich obendrein auch noch, nicht während der Schiv'a aufzukreuzen, dann lasse ich es. Doch ich konnte nicht aufhören, an dich zu denken, und am Ende der dreißigtägigen Trauerzeit, vielleicht kurz danach, beschloss ich, etwas zu unternehmen. Ich machte mich auf ins Krankenhaus, in deine Abteilung. Ich sah dich am Ende des Flurs, war nicht sicher, ob du es bist, du sahst gebeugt aus, eingefallen und erloschen. Du bliebst kurz stehen und gingst dann weiter, ich nehme an, auch du warst nicht sicher, ob ich es bin, so ist das, wenn man sich über Jahre nicht begegnet.

Eine Tür schloss sich hinter dir, und ich eilte dir nach, aber die Oberschwester hielt mich auf, sagte, wenn ich nicht zusähe, dass ich wegkäme, rufe sie den Sicherheitsdienst, und am Ende ließ sie tatsächlich einen Wachmann kommen, der mich nach draußen bugsierte. Ich hatte nicht die Absicht, eine Szene zu machen, konnte aber einfach nicht gehen, ich erlitt eine Beinhysterie, was ich, du erinnerst dich vielleicht, schon einmal hatte. Das war, glaube ich, das letzte Mal, dass ich dich sah.

Die Deine, in Gedanken bei dir,

Rivi

verschickt

08:08

Noahflowers@gmail.com

Hey, Noah. »Take it easy…«, hast du mir geschrieben, als ich mich bei dir beschwerte, niemand antworte mir, mich beklagte, selbst Ido sei verschwunden. Was lustig war, denn easy und ich, das ist ein Antagonismus, aber ich verstehe, dass es dir vielleicht noch schwerer fällt als anderen, dich in mich hineinzuversetzen, du hattest mit Menschen eigentlich nie etwas am Hut, du liebst Hunde, Gräber und Blumen. Ich verstehe, dass du kaum nachvollziehen kannst, wie verwurzelt ich in meinem Zuhause bin, du, der du die Erde und den freien Himmel vorziehst, oder ein Blechdach, aber zugleich wünsche ich mir, dass du mit mir fühlst, begreifst, was mein Zuhause mir bedeutet.

Ich weiß, das Haus ist ein trister Kasten aus den Fünfzigern und bräuchte eine Grundrenovierung, aber meine Wohnung ist für mich mein Stückchen vom Himmel. Und ich bin auch aus den Fünfzigern, und Renovierung ist, wie du weißt, nicht meine Sache.

Es ist nur eine kleine Wohnung, Einzelzelle, sagtest du einmal, aber du weißt, sie hat einen Balkon und ein Stückchen Garten, in dem mein Vater, als ich geboren wurde, die Zypresse gepflanzt hat.

Jede Fliese, jeder Wasserhahn, sogar die Kloschüssel ist bedeutsam für mich. Jedes Möbelstück, jede Tischdecke und Serviette, selbst die verblichene, sich ablösende Tapete an der Wand – all das ist zu einem Teil von mir geworden, ich bin verwachsen damit. Das Bett, in dem ich schlafe, ist über sechzig Jahre alt, auch die Bettwäsche besitze ich seit Jahrzehnten, und wenn ich eine Bestandsaufnahme des gesamten Inventars mache, dann sind nur die Produkte im Kühlschrank jüngeren Datums. Selbst meine Medikamente sind abgelaufen, und auch die Uhr auf der Kommode ist schon vor langer Zeit stehen geblieben.

Apropos, die Uhr ist eine Geschichte für sich, erinnere mich daran, sie dir am nächsten Gedenktag zu erzählen.

Verstehst du mich jetzt ein bisschen besser?

Ich wünsche dir einen geruhsamen Tag.

Deine Rivi

verschickt

10:41
Noahflowers@gmail.com

Noah, gerade habe ich gesehen, dass du versucht hast, mich auf dem Handy zu erreichen, dein Einsatz ist wirklich aller Ehren wert, zumal du, Stand jetzt, nach wie vor der Einzige bist, der mir antwortet. Ich liege immer noch im Bett, ich und mein Laptop. Bin voller positiver Xanaxenergie aufgestanden und habe bis gerade eben ununterbrochen geschrieben, aber jetzt verebbt die Schreibwut allmählich. Die Sorge um das, was wird, fängt wieder an, mir den Kopf aufzufressen. Wie soll ich den Verlust meines Zuhauses überleben? Und in welchen Karton packe ich die Schlafanzüge? In welchen die Fotoalben? Und soll ich die alten Handtücher mitnehmen? Dabei habe ich eigentlich beschlossen, die meisten Sachen hier sollen in einem Massengrab enden. Erschrick nicht, das heißt nicht *all inclusive*, ich habe nicht vor, zu sterben, auch wenn ich inzwischen mit dir einig bin: Der Tod bedeutet nicht die größte Katastrophe im Universum. In drei Tagen soll Odelias Aktion starten. Kannst du mir vielleicht einen Feldblumenstrauß schicken, den ich auf die Trümmer des Hauses legen kann? Den Betrag überweise ich dir per Paypal.

Na, was sagst du dazu? Madame Rivi ist in der digitalen Realität angekommen. Digital passt zu mir.

Dank im Voraus und eine Umarmung,

Rivi

verschickt

11:59
Noahflowers@gmail.com

Noah, das wird dein Tag. Vor einer halben Stunde bin ich raus aus dem Bett und habe mir so eine Art Brunch aus den Resten in Kühlschrank und Speisekammer gemacht. Danach habe ich weitergepackt, doch alles, woran ich denken konnte, hing mit dir zusammen.

Liebster Freund, im Rahmen der Rekonstruktionsarbeit, die ich dieser Tage unternehme, kehre ich zu unserem ersten Zusammentreffen zurück. Es war im Sommer 1982, gegen Ende des ersten Libanon-Kriegs, wenige Tage, nachdem ich von der Organisation »Yad laBanim« – »Den Söhnen ein Andenken« – ausgewählt worden war, diejenige zu sein, die an den Gedenktagen Blumenkränze auf die Gräber unbekannter Soldaten legen soll.

Zusammen mit dem Vorsitzenden der Organisation, an dessen Namen ich mich nicht mehr erinnere, kam ich in deinen Blumenladen. Er hatte mir erzählt, dass du einer der Überlebenden des Anschlags auf das Hauptquartier der israelischen Streitkräfte in Tyros gewesen bist, und dass man dir im Rahmen des Rehabilitationsprogramms der Armee angeboten hatte, einen Blumenladen zu eröffnen. Dass der Laden am Eingang zum Friedhof gelegen sein sollte, sei dein Wunsch gewesen. Als wir uns trafen, sagte ich, mir gefällt der Name des Ladens. »Noahs Blumeneinsatzzentrale« hattest du ihn genannt.

Ich mochte ihn wirklich.

Im weiteren Verlauf unseres Besuchs schlug ich vor – ich nahm all meinen Mut zusammen –, dass die Blumen auf den »Gräbern der unbekannten Soldaten« rot sein sollten. »Warum ausgerechnet rot?« Der Vorsitzende von »Yad laBanim« warf mir einen scheelen Blick zu, die gefallenen, jungen Soldaten seien doch ein Symbol für Frieden und Reinheit. Ich widersprach, Weiß sei vor allem die Farbe der Kapitulation, worauf er, offenbar, um mir etwas entgegenzusetzen, bunte Kränze vorschlug. Ich erwiderte, bunte Blumen seien passend für Hochzeiten und Geburtstage – und dann kamst du zum Glück einer weiteren Eskalation zuvor.

»Hey, *man*, Rot, keine Reinheit und keine Freude, nur Rot. Blut ohne Ende, das ist doch, was wir hier unter den Steinen haben.« Das war, was du sagtest.

Noah, wir haben damals Geschichte geschrieben, bis heute legt man rote Blumenkränze auf die Gräber der Gefallenen.

»Wer ist dir getötet worden?«, fragtest du, als der Herr von »Yad laBanim« endlich weg war. Und ich sagte: die Liebe meines Lebens. Am Vorabend des Krieges, auf dem Weg von Tel Aviv nach Jerusalem, kam er ums Leben.

Du bohrtest nicht weiter, hast nur gefragt, ob man mich in den Arm nehmen dürfe. Die Wahrheit ist, Noah, du warst und bist eine Überraschung, einer mit Zöpfchen und in Maharishi-Klamotten, man fragt sich, was hat der mit mir zu tun, aber seit damals bist du mir ein echter Freund, ein Vertrauter geworden.

Spontan ludst du mich ein, das Kränzewinden bei dir zu lernen, und ich gestehe, wirklich gerührt war ich, als du mir einen Welpen deiner Hündin Galila zum Geschenk machen wolltest und sagtest, mit einem Hund sei ich nie mehr allein.

Heute muss ich lachen, du lagst damals gehörig daneben, aber schließlich konntest du nicht wissen, dass ich kein

Mensch bin, der verlässlich für einen anderen sorgen kann, und sei es ein Hund. Aber du sollst wissen, allein die Idee, mir ein Geschenk zu machen, hat mich tief berührt.

Und wenn ich über die beinahe vierzig Jahre nachdenke, die wir uns jetzt kennen, denke ich, dass das – wie die jungen Leute heute sagen – eine ganz schön nice Sache ist. Du musst wissen, die Gedenktage waren für mich die einzigen Tage im Jahr, an denen ich mich um Kopf und Kragen redete, ich, die ich nie dazu geneigt habe, mich anderen mitzuteilen, mich immer frage, wer denn überhaupt Geduld für mich und meine Geschichten hat. Jedes Jahr habe ich mich, wenn wir uns trafen, aufs Neue gefragt, worüber wir reden könnten, denn ich hatte Angst, es könnte Schweigen zwischen uns herrschen. Ja, ich hatte extra ein Heft »Gespräche mit Noah« betitelt, in dem ich mir Themen notiert habe, so sehr fürchtete ich mich vor beklemmenden Momenten der Stille zwischen uns.

Erinnerst du dich, ich habe dir gleich bei unserer ersten Begegnung erzählt, mit dreizehn sei ich in den städtischen Chor von Tel Aviv aufgenommen worden, der Chorleiter habe mir eine große internationale Karriere prophezeit, aber als ich ganz freudetrunken nach Hause kam, sagte mein Vater wie zu sich selbst: »Was freut sie so sehr, dass sie in einem Chor singen will?« Also habe ich auf den Chor verzichtet und habe nur noch am Fenster gesungen, vor allem, um meiner Mutter eine Freude zu machen, die eine Schwäche hatte für all die schönen Schoah- und Klagelieder.

Es-brennt-Brüder-es-brennt-unser-Shtetl-brennt, das hat sie immer beruhigt.

Später erzählte ich dir auch, wie ich mit zwölf auf eine Seite meines Schulhefts geschrieben hatte, ich sei es so leid, die Tochter eines gestörten Vaters und einer stummen Mutter zu sein, und als meine Mutter ins Zimmer kam, zerriss ich die Seite vor ihren Augen, lauter winzige Fetzen, und als sie die einsammelte, hoffte ich, sie würde sie zusammenkleben und herausfinden, worunter ich litt. Wie du weißt, ist das nicht passiert.

So vieles geht mir durch den Kopf, aber ich begreife, meine Geschichten sind nicht wirklich welterschütternd, keine Tragödien von Shakespeare'schem Ausmaß, und ich bin keine Antigone. Aber ich hatte niemanden zum Reden, ich entsinne mich, dass ich nur dir verraten habe, meine Schwester Rejsele sei so eine Art Albtraum, als junges Mädchen hatte ich Angst, sie könnte wiederauferstehen, und viele Jahre habe ich mich insgeheim gefragt, wer auf der Welt denn eine Schwester ertragen würde, die er noch nie getroffen hat und die im Alter von acht Jahren ermordet wurde.

Zweifellos war ich vor allem deshalb in der Lage, dir all dies zu erzählen, weil wir offen miteinander sein konnten, ja, ich bin dir bis heute zutiefst dankbar, dass du mir offenbart hast, auch du hattest Angst vor den Toten, panische Angst befiel dich bei dem Gedanken, deine Kameraden aus der Armee könnten wiederauferstehen und aller Welt erzählen, wie du damals in Schockstarre verfallen und nicht imstande gewesen warst, sie aus den Trümmern des Gebäudes zu bergen. Du und ich, wir haben das Grauen vor den Toten geteilt.

Noah, du sollst wissen, ich hatte immer das Gefühl, zwischen uns ist etwas Umarmendes. Mit mir wurde gestöhnt, geächzt und gekeucht, aber nicht geredet, und jetzt, während ich aus meiner sozialen Verödung heraus schreibe, spüre ich, wie tief verwurzelt du in meinem Herzen bist, spüre, dass wir, gäbe es nicht den Altersunterschied zwischen uns, zumindest aus meiner Sicht, ohne Weiteres eine Liebesbeziehung hätten haben können. Du bist mindestens zehn Jahre jünger als ich, nehme ich an. Sag jetzt bloß nicht, »Schwester, was geht denn bei dir ab? Ich könnte dein Sohn sein.« Glaub mir, du hättest die vernünftigste Liebe meines Lebens sein können, aber, keine Sorge, ich habe schon vor Jahren aller Lust entsagt. Das sind nur Gedankenspiele, ich habe dich ja auch nie nach deinen Gefühlen mir gegenüber gefragt, aber irgendwie schien mir, auch du hattest so deine Fantasien. Viel geredet hast du ja nicht. Einmal hast du kurz angedeutet, du seist zweimal verheiratet gewesen, und dass deine Ehen gescheitert seien, sagtest, der Grund der Scheidungen seien Kriegstraumata gewesen. Und irgendwie sind wir nie näher auf das Thema eingegangen. Ich hatte immer das Gefühl, es sei einfach nicht richtig, in deiner Seele zu graben. Und ich bin mir dessen wohl bewusst, dass wir es gut und angenehm miteinander hatten, aber heute denke ich, nicht alles, was gut und angenehm ist, ist auch richtig. Noah, denk doch, was für ein morbides Paar wir auf unsere Art sind, Kaddisch und seligen Angedenkens in einem. Seit Jahrzehnten treffen wir uns immer am Gedenktag für die Gefallenen der Kriege Israels in deinem Blumenladen und binden Trauerkränze für die Toten.

Wie deprimierend der Gedanke, das sei Wesen und Quintessenz unserer Beziehung.

Und doch, wie froh bin ich, dass wir einander über den Weg gelaufen sind, und aus irgendeinem Grund erinnere ich mich jetzt an unseren letzten Gedenktag, eine Dame von gebeugter Seele nanntest du mich da, suchtest einen Weg, mich aufzumuntern, drehtest mir aus irgendeinem Zeug, das du konsumierst, einen Joint und versprachst, das würde mich *happy* machen, aber außer, dass mir schlecht wurde, spürte ich überhaupt nichts. Ich sagte dir, ich sei ohne die Fähigkeit geboren, fröhlich zu sein. Und du hast gelacht über mich.

Oh, Noah, guck dir an, was mit mir los ist, ich hatte nur vor, schnell auf deine Textnachricht zu antworten, und herausgekommen ist eine Retrospektive.

Die Deine für immer,

Rivi

verschickt

13:16

Noahflowers@gmail.com

Hey, Noah, entschuldige die Intensität, vielleicht denkst du, ich schreibe dir nur, um mich vor dem Packen zu drücken, und vielleicht ist da auch etwas dran. Ich gestehe, das Packen bekommt mir nicht, aber es tut mir gut, dich an der Prozedur teilhaben zu lassen, vor allem an den Gefühlen, die mich dabei überkommen.

Vor ein paar Minuten stand ich vor der Konsole im Flur, auf der seit Jahren die Uhr und der Hut meines Vaters liegen, und da sah ich ihn vor mir, wie er, bereits ausgehfertig, in seinem Wiener Style zur Uhr schaut und murmelt, schon zwei Minuten vor acht, dann den Hut aufsetzt und zu einem weiteren Tag im Gemüseladen aufbricht.

Großer Gott, wie soll man Sachen verpacken, die so voller

Leben sind? Ich habe keine Antwort. So viele Vollstreckungen. Und dann dachte ich, ob du wohl einverstanden wärst, der Vollstrecker meines Testaments zu sein, ich würde dir ein paar Dinge anvertrauen, die mir etwas bedeuten, und am Ende auch meinen Leichnam. Und im Gegenzug würde ich Sorge tragen, dass du mein gesamtes Vermögen erbst. Es ist nicht übermäßig viel, aber dennoch.

Diese Sache mit dem Tod beschäftigt mich in letzter Zeit, und irgendwie tröste ich mich damit, dass mir wenigstens diese eine Aufgabe, mich unter die Erde zu bringen, abgenommen ist. Stell dir vor, alleinstehende Menschen wie ich müssten sich auch noch selbst beerdigen. Auf meinem Grabstein soll nur stehen: »Eine einsame Frau«. Eine knappe Inschrift, sonst nichts.

Bloß so ein Gedanke. Ich vertraue dir, deshalb frage ich dich das. Und damit ich nicht zu den bemitleidenswerten Gestalten gehöre, deren Grab niemand besucht, möchte ich dich bitten, jedes Jahr an meinem Todestag zwei Kränze auf meinen Grabstein zu legen.

Wenn du einverstanden bist, werde ich in den nächsten Tagen ein Testament schreiben und es notariell beglaubigen lassen.

Die Deine in Freundschaft und großer Wertschätzung,
die Winderin roter Kränze

PS: Ich hoffe, ich habe dir damit keine allzu schwere Last aufgebürdet. Du sollst wissen, auch ein Nein würde auf Verständnis stoßen.

verschickt

15:14

Ich stelle mir Noah vor, wie er zwei Kränze auf mein Grab legt, und dieser Gedanke wärmt mir das Herz.

15:16

Ein Friedhof, Fremde, und dann Arik. Wie auch nicht?

Es war der 2. Juni 1982, kurz vor Mitternacht.

Ein Klopfen an der Tür, ich öffnete, und da standest du, sagtest, du seist gerade in der Nähe gewesen, warst immer schon gut im Lügen. Ich fühlte mich beklommen, schließlich hatten wir uns seit Jahren nicht mehr gesehen, ich war verletzt, war wütend und beleidigt, und irgendwie habe ich keine gute Erklärung dafür, wie es dennoch dazu kam, dass wir in jener Nacht feierten wie in unseren guten, dem Anschein nach glücklichen Tagen, als wir jung waren, und du immer durchs Fenster in mein Zimmer geklettert kamst, damit meine Mutter und mein Vater nichts merkten.

Du hast deine Fensterkletterei geliebt, das war dein Kick, das Vorspiel, das weiß ich heute.

Wie auch immer, diesmal kamst du durch die Tür, hast dich aber mit dem Gedanken amüsiert, im Morgengrauen wieder durchs Fenster zu verschwinden.

Katze, habe ich dich genannt.

Miau, hast du geantwortet und dich in meine Arme geschmiegt.

Ein Perverser in Gestalt einer Miezekatze.

Am nächsten Morgen sprangst du um viertel nach fünf behände wie ein Panther aus dem Bett, sagtest, du müssest gehen, es werde Krieg geben, und ich dachte, was für ein dämlicher Scherz. Ich seufzte genervt, worauf du versuchtest, mich mit einer Umarmung zu besänftigen, aber ich stieß dich weg.

»Was ist los mit dir? Stimmt was nicht?«, flüstertest du, eine Augenbraue leicht angehoben, und ich sagte, »ich bin es leid, dass du so einfach kommst und gehst, wie es dir gefällt«.

»Du weißt, du bist nicht in einen Schreibstubenoffizier verliebt«, gabst du zurück, und in diesem Moment kippte etwas in mir, und zum ersten Mal begriff ich, du hältst dich wirklich für einen ruhmreichen General, obwohl außer dir nur mein Vater dieser Meinung gewesen war, und du seit Jahren in derselben Funktion auf deinem Dienstgrad festhingst. Ich wollte dir sagen, geh in Frieden und komm nie wieder, aber dann sagtest du: »Rivi, ich schwöre dir, wir werden bald heiraten.«

Glücklich blieb ich unter der Decke liegen.

Aber kaum warst du zur Tür raus, hatte ich das Gefühl, ich müsse mich vergewissern, hattest du das ernst gemeint? Ich stürzte zum Fenster und warf dabei den Wecker runter, den mein Vater mir am Tag meiner Einberufung geschenkt hatte. So symbolisch.

Als ich in die Redaktion kam, war die Nachricht schon in aller Munde, ein hochrangiger Offizier sei auf dem Weg nach Jerusalem ums Leben gekommen, sein Jeep habe sich überschlagen, sei von der Straße abgekommen und in den Abgrund gestürzt, die Rettungskräfte hatten nichts mehr für ihn tun können. Ich eilte zu Michaels Büro, und sein Blick sagte mir, du warst es.

Ich war zweiunddreißigeinhalb.

Dein Tod traf mich vollkommen unvorbereitet, ich bat

Michael, mich freizustellen, ich wollte sieben Tage und sieben Nächte um dich trauern, doch am vierten Tag nach deinem Unfall brach der Krieg aus, und ich musste zurück in die Redaktion.

Michael sagte: »Sieh dir an, wie die Welt aus den Fugen ist, erst haben wir Arik verloren, und jetzt ist Krieg.«

Ich habe ihm nie erzählt, dass ich offenbar die Letzte war, die dich lebend gesehen hatte.

Es ist absurd, aber ich fühlte mich wieder als Witwe. Verurteilt. Verdammt. Als Gadi, meine Jugendliebe, im Jom-Kippur-Krieg fiel, hat das eine Narbe in mir hinterlassen, die nie mehr heilte.

Dein jäher Tod, die Kriegsprophezeiung, der entzweigegangene Wecker und die Zeiger, die stehen blieben, als du gingst, vor allem dein Heiratsversprechen, all das machte mich in meiner Wahrnehmung zu deiner Witwe.

Nach deinem Tod und noch während des Krieges wurde ein junger Journalist in meinem Leben vorstellig, zur Abwechslung mal ein Junggeselle und homme à femmes, der zwar nicht alle Fasern meines Herzens berührte, aber sanft und zärtlich zu mir war, sodass ich mich wie üblich hingab. Aber ich war aufgewühlt und sprach viel von dir, und so erzählte ich ihm auch, du habest wegen der Kriegswarnung meine Wohnung in unserer Verlobungsnacht überstürzt verlassen, um zu deinem Stützpunkt zu eilen. Ich ließ unerwähnt, dass der Krieg erst vier Tage nach deinem Tod ausgebrochen war; indem ich betonte, dass du an dem Tag, der für mich ein Tag der Hoffnung und des Versprechens war, getötet wurdest, verschaffte ich dir einen heroischen Tod. Und dann fand sich in einem Boulevardblatt dies: »Um

Mitternacht hielt er um ihre Hand an, und im Morgengrauen fiel er in der Schlacht.« Ah, um die Story war es dem zärtlichen Journalisten also gegangen, nicht um mich. Natürlich weckte der Artikel auch dein Dornröschen auf, deine Frau Gemahlin, die über ihren Rechtsanwalt eine Verleumdungsklage gegen mich erhob. Ich wurde aufgefordert, alles, was ich in dem Interview gesagt hatte, zu widerrufen, mir sollte untersagt werden, dein Grab zu besuchen und an staatlichen Gedenkzeremonien teilzunehmen.

Der Klageschrift beigefügt war ein ausführliches Gutachten über meine labile psychische Verfassung. Ein Psychiater, der mich nie zu Gesicht bekommen hatte, kam zur Einschätzung, ich hätte eine übergriffige Persönlichkeitsstruktur, versuchte, meine Wünsche und Begierden mittels Unwahrheiten zu befriedigen, und hätte mich verrannt in eine Fantasie, aus der ich jetzt nicht mehr herauskäme. Ich litte womöglich an einer bipolaren Störung, oder – nun, er schrieb mir ein ganzes Arsenal psychischer Krankheiten zu – er machte eine Komplettverrückte aus mir.

Am Ende wurde ich seitens des Gerichts verpflichtet, mich in Therapie zu begeben. Was ich nicht tat. Im Gegenteil, ich besuchte dich regelmäßig auf dem Friedhof, fiel vor deinem Grab auf die Knie und schrie deinen Namen, um mir zu beweisen, dass du mein bist.

Ja, ich weiß, ich irrte kopflos in meiner Seele umher, aber nur so konnte ich mir einen Beleg für die Geschichte schaffen, die ich mir selbst erzählte. Es gab damals Tage, da trug ich mich mit dem Gedanken, mir auf deinem Grab das Leben zu nehmen, ich wollte, dass deine Frau, dass alle Welt weiß: Du gehörst mir und ich dir.

Doch irgendwie kam es nicht dazu, vielleicht, weil das Schicksal es ein Jahr später gut mit mir meinte. Deine amtliche Witwe verstarb, und fortan stand nichts mehr zwischen dir und meiner Geschichte: Ich war deine Witwe.

Die Deine,

Rivi

15:50

Geschichten sind, wie andere Dinge im Leben auch, von vorneherein nicht exakt. Wer wüsste besser als ich, dass wir in einer Welt leben, die wir uns ausdenken.

17:59

Lieber Arik, ich bin wieder bei dir, und frage mich: Haben wir am Ende möglicherweise beide gewonnen? Die Geschichte, von der ich unbedingt wollte, dass sie erzählt wird, hat sich im Gedächtnis des ganzen Staates eingeprägt. Die Bürger Israels wissen, du bist im Kampf, auf der Schnellstraße 1 in der Nähe der Castel-Ausfahrt gefallen. Die Offiziere zu lieben, die ihr Leben gegeben haben, und die Witwen von Generälen zu umarmen – das liebt das Land.

Dein Freund Michael übrigens ließ mich in den Tagen des Prozesses nicht fallen. Er war es, der mir die Anwältin empfahl, die mich gerettet hat, und er war es auch, der mir mit den Prozesskosten half. Nebenbei, ich denke, die kokette Wasserstoffblonde, die mich verteidigt hat, stand auch auf der Liste seiner Gespielinnen, aber darum geht es nicht, sie hat ihre Sache gut gemacht.

Heute übrigens bin nur noch ich dein Gedenklicht, nur ich stimme noch Totenklagen auf dich an und lege Blumen auf dein Grab. Mit Kränzen, musst du wissen, habe ich inzwischen eine Geschichte. Nach deinem Tod wurde ich aktives Mitglied von »Yad laBanim«, ich habe dort richtig Karriere gemacht, was das Ablegen von Kränzen auf den Gräbern unbekannter Soldaten angeht … aber das ist egal, wichtig ist mir, dass du weißt, deine einzige Tochter trägt die Kränkung ihrer Mutter weiterhin tapfer auf ihren Schultern und in ihrem Herzen: Sie hat sich von dir und deinem Andenken losgesagt, ich habe es also geschafft, alle an der Nase herumzuführen, habe die Tatsache vergessen gemacht, dass du bei einem schnöden Verkehrsunfall gefallen bist. Im Kampf? Vielleicht, nach einer weiteren vaginalen Eroberung. Quasi durch die Hintertür habe ich dich auf die Liste der Gefallenen befördert, die annähernde Gleichzeitigkeit der Ereignisse hat deine Ehre gerettet, hat deine Bettschlachten verschleiert, den Schwerenöter, den Lügner, den Manipulator verschwinden lassen hinter dem heldenhaften Offizier. Nein, nein, ich bin dir nicht mehr böse, dieser Monolog hier tut mir einfach gut, meine Mutter pflegte immer zu sagen, mit den Toten kann man über alles reden, nur schade, dass sie nie antworten. Ich hingegen finde, es ist gut so, ich bin ganz zufrieden, dass die Toten schweigen, denn so kann ich bei meiner Version bleiben, auch wenn die mich vor Gericht gebracht hat. Und das ist ein Trost.

Deine Witwe

18:04

Der Tag wird kommen, an dem ich die ganze Geschichte öffentlich machen werde, aber so weit bin ich noch nicht.

20:54

Stunden schon, und nur ein einziger lästiger Gedanke: Es wird langsam Zeit, ich muss all meinen Mut zusammennehmen und das Zimmer meiner Mutter betreten. Und dann, als ich endlich die verschlossene Tür geöffnet habe, bin ich auf der Schwelle stehen geblieben und war minutenlang außerstande, mich zu rühren.

»Rivi, du bist gekommen, um zu packen«, habe ich mich laut ermahnt und einen ersten kleinen, zögerlichen Schritt gemacht, und dann, wie von einem Zauberstab berührt, sah ich sie vor dem Spiegel, wie sie sich die Nase pudert, noch eine Strähne behutsam aus dem Gesicht streicht. Ihre Augen sind meerblau, ihre goldene Lockenmähne fällt ihr in den Nacken, das hautenge Kleid und der Gürtel, der ihre schmale Taille umfängt, stehen ihr so gut.

Ich schaute in ihre von Schwermut glitzernden Augen und wusste, sie bereitet sich auf ihren abendlichen Ausgang am Fenster vor, diese Szene, die sich vor Jahren hier in diesem Zimmer wieder und wieder abgespielt hat … Ehrfürchtig ließ ich den Blick durch den schummrigen, muffigen Raum wandern, betrachtete das Bett mit dem geblümten Überwurf, den ich für Michael gekauft hatte, blieb an dem Laufband hängen, ein Geburtstagsgeschenk zum Fünfzigsten von dem Mistkerl. Ich hatte das Gefühl, sie ist hier, ich hörte ihre schweren Atemzüge, bis mir kalt wurde und ich einen Pullover aus ihrem Kleiderschrank zog. Der Pullover, den ich ihr am Ende von Abas Schiv'a gekauft hatte, an dem Tag, als sie zu mir sagte, Aba habe seinen Laden geliebt, und sie beabsichtige, ihn fortzuführen. »Aber wenn du heiratest«, versprach sie mir, »dann verkaufe ich den Laden, und von dem Geld, das wir dafür bekommen, werde ich dir eine unvergessliche Hochzeit ausrichten.«

Nach ihrem Tod war ich es, die den Laden verkauft hat.

Das Leben besteht aus einer Aneinanderreihung kleiner Entscheidungen, höre ich sie sagen. Und ich spüre, ich werde nichts einpacken können. Mein Herz will in diesem Zimmer, das ihres war, nur in ihr Bett kriechen und sich ganz klein machen. Aber dann traf es mich wie ein Schlag: Ihr Bett war auch Michaels Liebeslager gewesen. Und im selben Moment entdeckten meine Augen etwas Funkelndes unter dem Bett. Ich bückte mich. Ein Ring mit einem Stein, vielleicht sogar ein Diamant. Ich wusste, er gehört weder mir noch ihr, und dann bin ich aus dem Zimmer geflohen.

22:04

Ich hocke in der Küche und ergehe mich in Selbstmitleid, bin wütend, dass ich Michael derart geliebt, ihm so viel Macht über mich gegeben habe. Und ich bin außer mir bei dem Gedanken, dass er hier, in meinem Zuhause, im Zimmer meiner Mutter, vielleicht einer anderen einen Heiratsantrag gemacht haben könnte. Ich werde bald siebzig, und noch immer denke ich wie ein Schulmädchen. »Sollen die Bagger doch kommen und dieses Haus mit allem, was drin ist, abreißen«, sage ich und meine es auch so. Und erschrecke.

22:11
MichaelS@gmail.com

Michael, ich schon wieder, ich bitte dich, hab Geduld und lies das hier bis zum Ende. Lies es, und du wirst vielleicht verstehen.

Wir sind im Jahr 1995, spätabends, ich sitze in der Redaktion, und die Migräne hat mir schon den halben Kopf außer Gefecht gesetzt. Ich bitte den Schichtdienstkoordinator, nach Hause gehen zu dürfen. Er ist einverstanden. Fahren kann ich nicht mehr, ich lasse den Wagen auf dem Parkplatz stehen, bestelle mir ein Taxi, und als wir in meine Straße einbiegen, bemerke ich, dass im Zimmer meiner Mutter Licht brennt.

Sofort hoffe ich, du wartest dort auf mich. Doch als ich die Wohnung betrete, höre ich Stimmen, die aus dem Schlafzimmer meiner Mutter kommen. Ich presse mein Ohr an die Tür und höre eine Frau schluchzen, höre dich telefonieren und ein Taxi zum Flughafen bestellen.

Hast du ein Glück, der Fahrer des Taxis, mit dem ich gekommen bin, wartet noch auf dich.

Die Tür geht auf, die Schluchzende schleppt sich aus dem Zimmer meiner Mutter, in Tränen aufgelöst, in der Hand einen Koffer und im Bauch ein Baby.

So wahr ich lebe. Im Bauch ein Baby, ich war wie unter Schock und verstand sofort, *ihr* seid schwanger. Die Frau versuchte, mir zuzulächeln, was ihr nicht wirklich gelang, und du sagtest, beiläufig, Anitas Vertrag sei ausgelaufen und sie kehre nach Deutschland zurück.

Du kalter Aal, du verdammter Hurensohn.

Ich erinnere mich noch, dass ihr euch in wirklich schätzenswertem Eiltempo davongemacht habt.

Sie zu ihrem Taxi, du zu deinem Wagen.

Ich blieb zurück mit meinem Schicksal.

Du weißt nicht, dass ich gehört habe, wie du zu ihr sagtest: *Meine Frau, meine Kinder* … täusch dich nicht in mir, Michael, auch wenn ich kein Deutsch verstehe, aber Ausflüchte verstehe ich. Verstehe sie in jeder Sprache.

Was hattest du für ein Glück mit mir diplomiertem Simpelchen. Liedstrophen im Kopf und Rost im Verstand. Aber diese Szene war, wie sie heute sagen, so krass, dass selbst ein debiles Ding wie ich verstand, du bist eine falsche Schlange, ein durchtriebener Mistkerl und begnadeter Betrüger. Die ganze Nacht über brannte ich vor Zorn, und am Morgen sann ich auf Rache.

Ich kam in die Redaktion und mobilisierte all meine Spür- und Schnüffelsinne sowie mein gesamtes technisches Wissen (du hattest mich zu einem Computerkurs geschickt, erinnerst du dich?) und verschaffte mir, wer hätte das gedacht, Zugang zu deinem Computer, und Wochen später, rate mal, was ich dort zu sehen bekam? Es war ein Bild des Neugeborenen, ich sah's und kippte einfach um. Die Kollegen aus der Redaktion fanden die viel gepriesene Korrektorin auf dem Fußboden deines Büros liegend. Irgendjemand meinte, das sei bestimmt die Menopause.

Immer wussten alle zu sagen, was mit mir los sei, und niemand hat je wirklich gefragt, niemand hat sich je aufrichtig interessiert, allesamt waren sie emotional abgestumpft. Als ich wieder zu mir kam, warst du auch da. Ich hoffte, wenigstens du würdest verstehen. Ausgeschlossen, dass nicht. Wir beide wussten ja, dein Kind war in meiner Wohnung gezeugt worden, im Bett meiner Mutter, zu allem Überfluss auch noch ein deutsches Baby. Mein armer Vater, der so sehr einen Sohn gewollt hatte, wäre tot umgefallen, auch ohne mit einem Konserveneimer Gurken zu kollidieren. Und meine Mutter wäre erstickt, sie und ihr Lungenemphysem hätten diese Geschichte nicht überlebt.

Von da an, Michael, war ich getrieben von Hass gegen dich. Und so kam es, dass ich deine Frau anrief und ihr zur Geburt deines Sohnes gratulierte, sie aber glaubte mir nicht, und am Ende stand ich, wie in anderen Fällen zuvor, als Verrückte da.

Am nächsten Tag hast du mich in dein Büro zitiert, hast mir eröffnet, es seien Klagen über Fehlverhalten meinerseits auf deinem Schreibtisch gelandet, über meine Launen, mein unberechenbares Verhalten, die Migräneanfälle, derentwegen ich schon mehrfach meine Schicht einfach beendet hätte und verschwunden wäre. Ich hörte »Abschussliste« und »kein Shakespeare« und »nichts ohne mich« und »nur ich halte noch die Hand über dich« … und dann sagtest du, jeder habe so etwas wie sein privates Glück, du seist mein Glück, hast du behauptet, nur deinetwegen hätte ich überhaupt noch Arbeit.

Du spielst wirklich in einer eigenen Liga.

Ein Sadist, ein Lügner, Betrüger, Bluffer, Scharlatan und Blender.

verschickt

22:14
Man muss schreiben, wenn es unmöglich ist zu reden.

22:58
MichaelS@gmail.com

Michael, ich habe eine kurze Pause eingelegt. Es ist schwer für mich, dir das alles zu sagen, und ich hoffe inständig, du hast bis hierhin gelesen.

Nach diesem Gespräch damals erlitt ich einen Zusammenbruch. Der Arzt, der mich untersuchte, sagte, ich sei dabei, mich selbst umzubringen, und wenn ich nicht zurück in die Spur fände, müsse er mich in eine psychiatrische Klinik einweisen.

Ich ging wieder ins Büro und arbeitete wie auf Autopilot, bemühte mich, nichts zu empfinden, und irgendwie wurde daraus mein produktivstes Jahr im Job. Am Jahresende bekam ich eine Gehaltserhöhung und eine Auszeichnung als überragende Mitarbeiterin, und dachte abermals, vielleicht … vielleicht. Was soll man machen, einfältig blieb ich nun mal. Aber wieder kam Anita mir zuvor, mit dem Baby kam sie nach Israel geflogen, und ihr wurdet wieder ein Paar. Ich fand den Ort eures Unterschlupfs heraus und bezog Posten in dem Café gegenüber.

Ehrlich, das waren die vielleicht stürmischsten und aufregendsten Tage meines Lebens. Ich saß in Restaurants mit euch, im Kino, ja sogar im Konzert, und ihr bekamt nichts mit. Ich muss sagen, ich war stolz auf mich. Ich verbarg mich unter einem breitkrempigen Hut und hinter großen

Sonnenbrillengläsern, trug ab und zu Kleider meiner Mutter, Abendkleider, hochhackige Schuhe, ja, ich kaufte mir sogar eine Perücke mit dem Haarschnitt meiner Mutter.

Ich ging das Ganze an, wie es sich gehört, schließlich bin ich pedantisch, du weißt, das ist mein Ding.

Über zwei Jahre und vier Monate fand ich mich vollauf beschäftigt mit Observieren und Beschatten, und so sonderbar das ist, es bereitete mir unendliches Vergnügen. Was ich herausfand, schmerzte mich, aber so ist nun mal mein Leben, ich helfe anderen, mir Schmerzen zuzufügen.

Nebenbei bemerkt, häufig sah ich auch euren süßen Jungen, sah ihn im Kindergarten und auf dem Spielplatz mit dem spanischen Au-pair. Traf ihn mit seiner Kindergärtnerin, der Siedlerin aus Samaria, die ihm »Die ganze Welt ist eine schmale Brücke« vorsang und »Man wird den Tempel erbauen«. Alles dank der Nachtschichten, die du mir beschert hattest. Ein allerliebster Bumerang.

Eines Tages drückte ich mich am Kindergartenzaun herum, und Tommy, dein strohblonder kleiner Deutscher, kam zu mir. Ich flüsterte ihm zu, wir seien fast miteinander verwandt. Er lachte, aber die Kindergärtnerin, die mich bemerkt hatte, rief nach ihm, er solle reinkommen. Ich muss gestehen, ich fühlte mich ihm nah, dem Kind *made in my house*. Nach dem Einschreiten der Kindergärtnerin habe ich allerdings meine Beschattungsaktivitäten etwas zurückgeschraubt, ich bekam Angst, ich könnte auffliegen …

Rivi

verschickt

23:28
MichaelS@gmail.com

Also, mit deiner Erlaubnis kehre ich noch mal zurück zu mir, zu dir, zu Anita und dem Jungen.

Nach dreieinhalb Jahren gemeinsamen Lebens kam ich dahinter, dass ihr euch abermals getrennt hattet, und ein paar Wochen später kauftest du ein Flugticket nach Berlin. Ich nahm an, du würdest fliegen, um sie zurückzuholen, und dank der Courage, die ich zuvor nicht gehabt hatte, der Wut, die sich in all den Jahren, die wir uns kannten, angestaut hatte, und vor allem dank meiner Besessenheit, brachte ich ihre Adresse in Erfahrung und flog dir hinterher.

Lieber Michael, unbeabsichtigt hast du mir ein einmaliges Erlebnis verschafft, ich war inzwischen über vierzig und dies meine erste Auslandsreise überhaupt. Ich hatte mir ein Hotelzimmer ganz in der Nähe von Anitas Adresse genommen. Gleich am Tag meiner Ankunft ging ich zu dem Haus mit ihrer Wohnung. Sie wohnte parterre, das war vielversprechend. Aber die Wohnung war dunkel, und auf meine Nachfrage in einem Café gegenüber bekam ich gesagt, die Dame sei mit ihrer Familie in die Ferien in den Schwarzwald gefahren.

Ich hoffte, der Wald würde nachtschwarz für euch werden.

Nicht aus Niedertracht oder Boshaftigkeit, sondern aus Verzweiflung.

Ich streifte durch Berlin, durch seine Viertel, besuchte die Markthallen und Galerien, ich ging ins Englische Theater in der Nähe. Abends wartete ich vor Anitas Haus, hoffte, ihr würdet zurückkehren, und hatte keine Ahnung, was passieren würde, wenn das geschähe. Es war ein Drang, der kein Ziel hatte, und ich erlag ihm. Es war das erste Mal, dass ich aus der Eintönigkeit meines Lebens ausbrach.

verschickt

23:42
An die Akademie für Hebräische Sprache
Hebräische Universität
Givat Ram Campus
Postfach 90004
919040 Jerusalem

Sehr geehrte Damen und Herren,
zu Ihrer Kenntnisnahme:
Für das Wort *stalker* existiert keine genaue Entsprechung im Hebräischen.
Rivi Greenfeld
Korrektorin

23:51
MichaelS@gmail.com

Michael, mein Herr, mit deiner Erlaubnis fahre ich fort.

Zurück im Büro, marschierte ich gleich in dein Zimmer, so als Überraschung, mitten am Tag. Ich hatte das Gefühl, ich müsse dir verraten, dass auch ich in Berlin gewesen war, aber bevor ich auch nur ein Wort herausbrachte, hast du mich schon ausgebremst.

»Rivi, Schätzchen«, sagtest du. »Das lohnt nicht, dass wir davon anfangen. Du hast etwas zu verlieren.« Aha. Strategiewechsel. Phase 2. Nach den Erkenntlichkeiten offene Drohungen. Ich war nicht in der Lage zu reagieren und ging schweigend ab.

Noch heute würde ich zu gern wissen, wer dir damals etwas gesagt hat. Auf jeden Fall hast du es bei diesem unliebsamen Gespräch am Ende verstanden, dich wieder einzuschmeicheln, mich wie mit Schokolade zu salben, sagtest, wenn ich aufhören würde, in deinem Leben herumzuwühlen, würden wir für immer beste Freunde bleiben, und beendetest dann diese Aussprache wie die meisten aus deiner Sicht unerquicklichen Gespräche, mit einer erdrückenden Umarmung und einem Kuss.

Die arme Irre, die ich war, begnügte sich ein weiteres Mal mit dem Prinzip Hoffnung.

Nach einiger Zeit, das Zimmer meiner Mutter war seit Langem verwaist, fragte ich dich in aller Unbedarftheit, wie denn deine Pläne bezüglich des Zimmers seien. Du ergriffst die Gelegenheit gleich beim Schopf und batest, den Vertrag aufzulösen.

Ich erinnere mich nicht mehr an das genaue Datum und inwieweit dein Auszug mit der Beendigung deines Verhältnisses zu der schluchzenden Anita zusammenhing, aber ich erinnere mich, das Erste, was ich tat, als ich nach Hause kam, war, die Fenster und die Sonnenblenden in Imas Zimmer zu schließen und die Tür abzusperren. Ich machte aus dem Zimmer ein Grab. Bis heute ärgere ich mich, dass ich deinetwegen die erste Zwangsräumung vom Nachlass meiner Mutter vorgenommen hatte. Bin wütend, dass ich noch am selben Tag, an dem du mir vorschlugst, das Zimmer zu mieten, ihre Pelzjacke weggab, ihren Toilettentisch mit dem Schminkset und ihren Bettüberwurf. Ich habe dir zuliebe Erinnerungen an meine Mutter getilgt, und noch jetzt möchte ich sterben, wenn ich daran denke.

Danach war ich nur noch zweimal in ihrem, *deinem* Zimmer.

Ich habe das Laufband, das du mir sinnigerweise zu meinem fünfzigsten Geburtstag schenktest, dort reingestellt. Du musstest damals befürchten, ich könnte Geheimnisse ausplaudern. Ich habe mich, wenn ich mich recht erinnere, nie bei dir für dieses generöse Geschenk bedankt, heute verstehst du vielleicht, warum du mich getroffen hast, mit diesem Geschenk. Was wolltest du mir damit sagen? Wolltest du andeuten, mein Körper sei dabei, mich im Stich zu lassen? Ich fühlte mich regelrecht erdrosselt, selbst für einen untreuen und verschreckten Ehemann, der sich in dir verbarg, war es ein übertriebenes Geschenk.

Heute ist das alles bedeutungslos, denn dein Geschenk wird schon bald ein Haufen Schrott sein, wird von einem Schaufelbagger zermalmt werden.

Ach, gäbe Gott, ich hätte all dies, was ich dir heute schreibe, schon vor Jahren aufschreiben können, und sei es nur für mich.

Die Deine,
Rivi

verschickt

23:59

Ich lege den Kopf auf die Fensterbank, gebe mich dem Gefühl hin, etwas von meiner Mutter stecke noch in diesem Holz, und dieses Etwas lässt mein Herz zerfließen.

»Meine Schöne, ich wünsche dir, dass es dir gut ergehen wird im Leben«, sagt sie mir.

»Hat leider nicht geklappt, Ima«, erwidere ich.

Ich kehre zurück in die Küche, will mir einen Tee machen, und da liegt dieser Ring auf dem Tisch. Aus einem spontanen Impuls stecke ich ihn auf meinen rechten Ringfinger und stelle fest, er passt. Er passt mir genau, wie Aschenputtels Schuh. Und das ist gleichermaßen schwindelerregend und wie ein Vorzeichen.

Er wird mir ein Gatte sein,
mit einem Herz so groß …
Kauft mir ein Schuhlein,
einen Schuh mit Absatz bloß.
Wenn er erst kommt,
wenn Gott ihn für mich hält bereit …
Wenn er erst kommt,
wird all dies Wirklichkeit.

Ich singe und singe, und das Lied erfüllt mich mit Energie, ich will das Fenster öffnen, aber es regnet und stürmt, und so starre ich, singend, nach draußen, auf die Regentropfen, die im Schein der Straßenlaternen sich im Rinnstein sammeln, vor meinen Augen tanzen – eine Kristallnacht im Kopf.

01:56

Ich bin müde, was Wunder, ich habe in den letzten Tagen ja so gut wie nicht geschlafen. Jetzt haben mich alle Kräfte verlassen. Ich bin schon im Bett, schließe die Augen und nehme eine Familienstandsprüfung vor: zweimal Witwe, einmal geschieden, immer Junggesellin, und dann taucht er auf, Arieh Gotthelf, ein schüchterner, scheuer Junge, wie soll ich den Beziehungsstatus zwischen uns definieren? Die Erinnerung an ihn, verborgen hinter anderen Erinnerungen, kehrt in Zeitlupe zu mir zurück. Arieh Gotthelf, ein Junge mit Streichholzbeinen, guten Augen und ersten Pickeln auf den Wangen. Er drückt sich an die Wand, und erst nachdem seine Mutter ihn ein paarmal angestupst hat, wagt er, mich zu fragen, ob ich mit ihm spielen möchte.

Ich wollte nicht.

»Schau doch, was für einen schönen Bräutigam wir dir mitgebracht haben«, sagt sie zu mir.

Ich war elf.

Bräutigam? Wer soll die Braut sein? Was ein Quatsch.

Ich erstarrte.

Ima, stimmt es, dass Aba gern zu den Gotthelfs ging? Dass er so angetan von ihrem Essen war? Vielleicht auch von Frau Gotthelf selbst? Sie hatte die Brüste einer Amme, üppige Dekolletés und einen großen, glitzernden Diamantring, so habe ich sie in Erinnerung.

Aba liebte ihre gehackte Leber, ihre Kalbsfüße in Aspik, das Blaukraut und Schmorhuhn, ich erinnere mich an die Gerüche – und den Ekel, den ich damals empfand.

Ich erinnere mich, dass sie mir zu meiner Bat-Mitzwa einen Armreif aus Gold schenkten.

»Mejdele, du bist ja mit ihm verlobt«, sagte Frau Gotthelf, als sie mir den Armreif über die Hand streifte und mir zu unserer echten Verlobung einen Diamantring versprach.

Wenigstens der Armreif gefiel mir, ich trug ihn ein paar Wochen, dann bekam ich einen Ausschlag, der Armreif war nicht aus Gold.

Mein Vater war einer Ohnmacht nah, meine Mutter zischte etwas Unverständliches, strich Arnikasalbe auf meine Haut und warf den Armreif weg. Und ich weinte.

Danach haben wir die Gotthelfs nicht mehr zu Gesicht bekommen und auch nichts mehr von ihnen gehört, ich erinnere mich, die Kundschaft im Laden war über alle Details der Geschichte im Bilde. Man beruhigte meinen Vater: Ein schönes Mädchen, wie er es habe, brauche keine Heiratsvermittlung.

verschickt

04:03

docbarlev@gmail.com

Lieber Ido, ich wusste, das würde kommen.

Die Erinnerung an das Jahr 1991. Der Ort – ein Krankenhaus, die Innere. Dein Blick sagt mir, das ist das Ende. Aber meine Mutter schlägt die Augen auf und fragt dich: »Na, Herr Doktor, was sagen Sie zu meiner schönen Tochter?«

Du sahst erst mich an und dann sie und sagtest: »Liebe Frau Greenfeld, alles, was mit Ihnen zusammenhängt, ist nichts anderes als ein Wunder.« Bevor du das Zimmer verlassen hast, sagtest du, falls ich noch Fragen hätte, deine Tür stehe immer offen. Und ich, die Andeutungen versteht, fand mich kurz danach an deiner stets offenen Tür ein.

Es entstand ein peinlicher Moment, wir hatten uns eigentlich nichts zu sagen, und ich hatte nichts zu fragen.

»Es wird schon gut werden«, sagtest du mit einem Lächeln.

Wenige Tage später wurde meine Mutter entlassen, und da erst wurde mir klar, ihr hattet euch auf eine Fortsetzung der Behandlung im häuslichen Umfeld verständigt. Du stecktest mitten in deiner Scheidung, erzählte sie mir, du weißt ja, sie wollte, dass wir ein Paar werden, und offenbar wolltest du das auch. Die Wahrheit ist, ich ebenfalls.

Und es wurde gut für uns, wie du gesagt hattest, aber bald stelltest du enttäuscht fest, dass ich bei jeder Gelegenheit über Michael redete. Damals begriff ich nicht, wie weh ich dir damit tat. Und erst heute wird mir klar, dass ich einfach unmöglich zu dir war.

Dabei wurdest du im Laufe der Jahre immer mehr zu meinem Ruhepol, auch heute Abend höre ich das Echo deiner Stimme, höre, wie du mich immer wieder aufforderst, tief ein- und auszuatmen, spüre, dass du mir wie einst die Hand auf die Stirn legst und mir zuflüsterst, »Rivi, es wird alles gut«. Und glaub mir, ich atme tief ein und aus, wie ich es so viele Male bei meinen Panikattacken getan habe, in den Tagen, als du noch an meiner Seite warst, und auch danach, als du schon fort warst, mich aber am Telefon zu beruhigen vermochtest, und später dann, als ich mir nur noch vorstellte, du seist bei mir. Aber heute Nacht bekomme ich einfach keine Luft, und mit einem Mal läuft in meinem Kopf ein Film ab, in irrer Geschwindigkeit und ohne ein Ende.

»Sag deinem Vater, ich habe Hühnerbrühe gemacht.«

»Sag ihr, ich habe keinen Hunger.«

»Sag ihm, die Brühe ist gesund.«

»Sag ihr, ihre Brühe bringt mir Rejsele nicht wieder.«

»Sag ihm, ihm knurrt doch schon der Magen.«

»Ima sagt, dir knurrt der Magen.«

»Sag deiner Mutter, sie soll aufhören, und Schluss«, erwidert mein Vater mit einem Schrei der Resignation.

Doktor Bar Lev, du bist der Einzige, der weiß, ich war erst elf damals, aber ich wusste schon, die Deutschen hatten seine Rejsele und seine Frau mitgenommen, ich wollte, dass meine Eltern nicht mehr streiten, und noch jetzt höre ich sie, alles kehrt zurück, mein Vater schreit, »Rejsele«, und meine Mutter sagt: Aba hat alles mitangesehen, und er konnte seinem Mädchen nicht helfen. Auch jetzt habe ich die Hände auf die Ohren gepresst, will sie nicht hören, aber ich erinnere mich genau, dass ich singen musste, meine Mutter liebte es, wenn ich sang.

Doktor Bar Lev, auch jetzt singe ich.

Wenn unter vollem Dampf wir stechen in See,
sei dein Antlitz nicht plötzlich betrübt.
Nur dich, mein Mädchen, werd ich nie vergessen.
Nur zu dir, mein Mädchen, kehr ich zurück.

Kennst du das?

»Aba sagt, ich bin so schön wie Rejsele.«

Schon hör das Horn ich tönen,
eine Stund' und das Schiff legt ab.
Frag nicht, was mein Auge beweint,
was mein Herz so jäh bedrückt.

Noch leuchten die Laternen der Stadt …

Bitte, mein Mädchen, kein Drama,
dein Herz soll sich nicht grämen umsonst.
Beim Leben der Liebe hab ich geschworen,
im Frühling, im Frühling, sind wir wieder vereint.

»Rejsele«, er ruft mich.

So viele Eide hast du geschworen,
erinnerst du dich unsrer flüchtigen Nacht?
Vielfach dank dir, dass hier du geankert,
tausendfach Dank, wenn du kehrst zurück.

»Rejsele«, mein Vater ruft mich wieder und wieder und wieder.

Wenn unter vollem Dampf wir stechen in See,
sei dein Antlitz nicht plötzlich betrübt.
Nur dich, mein Mädchen, werd ich nie vergessen.
Nur zu dir, mein Mädchen, kehr ich zurück.
Zu dir, mein Mädchen, kehr ich zurück.
Zu dir kehr ich zurück.

»Rejsele, komm her!«, brüllt mein Vater.

»Geh zu ihm«, drängt mich meine Mutter. »Du weißt doch, Aba ist manchmal durcheinander und denkt, du bist Rejsele.«

Doktor Bar Lev, ich erinnere mich, ich habe dir erzählt, meine Mutter bat ihn, mich Rivka zu nennen, nicht Rejsele. Rivka sei etwas Neues, aber mein Vater wollte nichts Neues. Ima schrie mich an, »Geh endlich zu ihm«, und ihn schrie sie an, er treibe sie und mich in den Wahnsinn, und mein Vater wütete gegen Gott, die Deutschen, meine Mutter und die ganze Welt, und dann machte ich mir in die Hose, ich war elf, und das warme, gelbe Rinnsal auf dem Küchenfußboden stellte die Stille im Haus wieder her, das tröstete mich.

Doktor Bar Lev, der Film hört nicht auf.

Doktor Bar Lev, mein Vater ist zurückgekehrt, heute Nacht, er bittet, ich soll meine Mutter fragen, warum sie ihm keine Rasierklingen gekauft hat, und wieder verrate ich ihm nicht, dass Ima keine Rasierklingen gekauft hat, weil ich ihr nicht gesagt habe, dass er mir gesagt hat, ich solle es ihr sagen.

Doktor Bar Lev, hoffentlich überstrapaziere ich nicht deine Geduld, bitte lies weiter.

Ich war ein böses Mädchen, liebte es, ihn zu verstimmen, ich wusste ja, er muss sich rasieren, wusste, dass er Bartstoppeln hasste, dass sie ihn an Krieg und Tod erinnerten, aber von Zeit zu Zeit konnte ich kleinen Racheaktionen nicht widerstehen, im Traum, in meiner Fantasie, aber eben auch in der Realität. So war ich, und erst als mein Vater starb, beruhigten sich die Dinge. Doch heute Nacht geschieht etwas Sonderbares. Ich sehe, dass seine Bartstoppeln zu einem langen weißen Bart geworden sind, und verstehe, er ist nur zurückgekehrt, um zu erfahren, ob meine Mutter ihm endlich Rasierklingen gekauft hat.

Aber jetzt ist es wirklich genug, denn wiedergutmachen lässt sich nichts mehr, weil es zu spät ist, das stimmt doch, Herr Doktor, es ist schon spät, besser, ich schließe jetzt die Augen, lasse meinen Körper unter der Bettdecke in die Matratze sinken, und etwas in mir kommt zur Ruhe. Also, Herr Doktor, danke für die Momente, in denen du für mich da warst, und glaub mir, das ist nicht einfach, all diesen Erinnerungen standzuhalten, der Gedanke an den Rest meines Lebens, ohne mein Zuhause, zerlegt mir das Herz, ich werde eine alte Schachtel sein, deren Haus in Trümmern liegt, werde durch die Straßen irren, obdachlos, und mich mit meinen Erinnerungen unterhalten.

Ido, wer wüsste besser als du, wie ich fliege und wie ich tauche und wie man mich aus meinen Abstürzen und Illusionen rettet.

Jetzt möchte ich nur noch schlafen. Und ich hoffe, dass du mir morgen ein Rezept schickst, damit die Xanax mir helfen, weniger zu empfinden, und vielleicht auch, mich an nichts mehr zu erinnern. Und das gefällt mir, dass auch ich, wie jeder normale Mensch, meinen Kopf in Kissen bette, die Augen schließe und einschlafe.

Die Deine,

Rivi

verschickt

Noch drei Tage

06:58
docbarlev@gmail.com

Ido, der Morgen eines neuen Tages bricht an. Ich habe weder einen Mucks noch ein Lebenszeichen noch ein Rezept von dir erhalten.

Vielleicht hätte ich dir nichts über deinen Sohn schreiben sollen?

Vielleicht hab ich's übertrieben?

Von mir,

der besorgten Rivi

verschickt

08:17
Vor siebzehn Minuten kam die Wettervorhersage, der Regen werde bald eine Pause einlegen, und ich habe das Fenster weit geöffnet, habe wie eine Giraffe Kopf und Hals hinausgestreckt und die kalte, frische Luft eingeatmet. Und sah aus dem Augenwinkel Odelia, die über den Pfad gejoggt kam, schicker Trainingsanzug, Sportschuhe und passende Bauchtasche. Ich betrachtete die Leichtigkeit ihrer Bewe-

gungen, den hin und her schwenkenden Zopf und das Schwangerschaftsbäuchlein, das schon zu sehen ist.

»Sie sind sicher Pilateslehrerin«, rief ich ihr zu, als sie nahe genug beim Fenster war.

»Schön wär's«, sie lachte. »Ich bin in der Hightech-Branche, Softwareingenieurin«, antwortete sie, ohne dass ich gefragt hatte.

Ich verstummte. In meinem Kopf war sie Krankenschwester, Buchhalterin, Kindergärtnerin oder Lehrerin gewesen. Berufe von einst. Und jetzt hat man plötzlich eine Softwareingenieurin vor sich.

»Und Sie, was machen Sie?«, fragte sie.

»Zurzeit schreibe ich«, gab ich zurück.

»Worüber?«

»Über das Leben.«

»Muss ich lesen.« Sie überraschte mich.

»Das ist nichts für Sie, Ihr Leben ist erste Sahne«, sagte ich.

»Und Ihres?«, fragte sie. »Wie ist Ihr Leben so?«

»Sauerrahm«, erwiderte ich.

Sie lachte, ein kehliges, gurgelndes Lachen, und ich spürte, bei dieser kurzen Unterhaltung wehte plötzlich ein anderer Wind zwischen uns, und ich fragte mich, wie dieses Ekel mit einem Mal so nett sein konnte, und wieso es mir, entgegen aller Erwartung, angenehm war, mit ihr zu plaudern.

»Sie wissen, dass ich die bin, die die Idee Räumung-Neubezug vorangetrieben hat«, sagte sie.

»Das werde ich Ihnen nie vergessen«, gab ich zurück.

»Aber am Ende werden Sie mir sicher vergeben«, meinte sie.

»Ich vergebe und vergesse nicht.«

»Okay, dann auf bald, ich muss weiter«, sagte sie.

Und ich kniff mich selbst, irgendwie endet es immer damit, dass ich es verderbe.

09:21

Odelia joggte weiter, und ich verspürte mit einem Mal das Bedürfnis, ein bisschen schöner zu sein, öffnete den Kleiderschrank und zog das schwarze C.-K.-Kleid hervor, so nenne ich es, schlüpfte hinein, machte mir die Haare, legte ein bisschen Rouge auf und wählte einen kräftig roten Lippenstift, und plötzlich – fast hätte ich's vergessen – war mir danach, ich öffnete die Schmuckschatulle meiner Mutter, die versilberte Dose, die sie in ihrer Unterwäscheschublade versteckte, ich habe keine Ahnung, wer sie ihr einst geschenkt hatte. Ich dachte immer, es sei ein Erinnerungsstück an einen Mann, den sie mal geliebt hatte, aber lassen wir das, auf jeden Fall fischte ich die Perlenkette heraus, und als die Kette um meinen Hals lag, dachte ich daran, wie ich sie vor sechs Jahren zum ersten Mal angelegt hatte, als ich den Eindruck gewann, Michael würde mich nun auch in beruflicher Hinsicht ignorieren, er hörte auf, meine Arbeit zu kommentieren, weder positiv noch negativ, vor allem aber, als ich ihn von all den jungen Dingern umgeben sah, die zu Vorstellungsgesprächen kamen. Mithilfe des schwarzen Kleids, der Perlen und des Make-ups gedachte ich, seine Aufmerksamkeit zu wecken, und erschien so zur Arbeit.

Vor dem Spiegel zu Hause fühlte ich mich ein bisschen wie Candice Bergen oder Audrey Hepburn, ich erinnere mich schon nicht mehr, aber als ich in die Redaktion kam, warf Michael mir nur einen stummen Blick zu – ich konnte seine Gedanken lesen. Mir war klar, er betrachtete mich mit Geringschätzung und mokierte sich über meinen Geschmack. Ich wusste, mein Stern war verglüht.

Ich verstand, eine Ära war zu Ende, ich war zu einem Modell erklärt worden, das endlich ausgetauscht werden musste, und tatsächlich bekam ich schon am nächsten Tag eine Vorladung zum Gespräch.

»Wenn man ein gewisses Alter erreicht …«, begann er.

»Dreiundsechzig ist ja nun nicht das Ende des Lebens«, unterbrach ich ihn ungehalten. »Sieh mal, ich bin noch nicht mal verheiratet und habe keine Kinder, und du bist schon siebzig«, ich verstand nicht, was da aus mir herausbrach, aber ich konnte nicht aufhören, und erst als die neue Redaktionssekretärin, ein vierundzwanzigjähriges Küken, das alle Nunu nannten, ins Zimmer kam und mir ein Glas Wasser reichte, verstummte ich.

Von da war der Weg bis zur Pensionierung nur noch ein kurzer.

Ich hatte diese Episode völlig vergessen, doch jetzt war sie plötzlich wieder da und mit ihr die Erkenntnis, dass das schwarze Kleid mir mitnichten zu schwindelerregenden Erfolgen verholfen hatte. Und dennoch, wenn ich überlege, wann ich für mich selbst das letzte Mal ganz annehmbar aussah, dann habe ich immer wieder dieses schwarze Kleid vor Augen. Und so stecke ich heute Morgen in diesem schwarzen Kleid, bin geschminkt, und die Perlen um meinen Hals sind wie eine Umarmung meiner Mutter.

09:36
WhatsApp

Hey, Noah, hättest du heute Lust auf einen Cappuccino?
Die Deine,
Ich

09:39
WhatsApp

Noah, Kommando zurück!
Eine Minute, nachdem ich dir die WhatsApp geschickt hatte, kam eine Nachricht von Ido, oder vielmehr nicht von Ido direkt, also, ein Rezept ist bei mir eingetrudelt, zusammen mit einer Betreffzeile, der ich entnehme, dass mein lieber Doktor Bar Lev in Pension gegangen ist und von jetzt an eine Dr. Yael Chasut für mich zuständig sein wird.
So begreifst du, dass Menschen, mit denen du gelebt hast, irgendwie aus deinem Leben verschwinden. Das hat mir die Stimmung verhagelt, weshalb ich mich jetzt anstatt ins Café in die Apotheke aufmache, und unser Cappuccino auf ein andermal verschoben werden muss.
Verzeih.
Rivi

10:48
Beim Betreten der Apotheke erschien sie mir, ich erkannte sie sofort, die leitende Apothekerin unserer Krankenkassen-

filiale, Bluma Blödel, so nannten wir sie, einfach so, ohne Grund, so, wie ich Rivi das Flittchen gerufen wurde, auch als ich noch Jungfrau war. So ist das, Gerüchte und Geschichten.

Die Apothekerin Bluma, sie ruhe in Frieden – pfundweise Mascara auf den Wimpern und dicke Finger mit einer Unzahl von Ringen daran –, der Geruch von Medikamenten strömte ihr aus allen Poren, gab mir jedes Mal heimlich einen Inhalator für meine Mutter mit, einfach so, aus freien Stücken, ohne Rezept.

»In mein Todeslager war ein deutsche Offizier, der hat mir immer gegeben zu essen ein Scheibe Brot. Er bittet nicht Erlaubnis von Chef, er ist sehr gute Mensch«, sagte sie mit ihrem ungarischen Akzent und einem vielsagenden Lächeln, und schon damals verstand ich, sie wollte auch »sehr gute Mensch« sein, wie jener Deutsche.

Das ist auch schon alles, was ich über sie erzählen kann. Ein Blödel aber war sie ganz bestimmt nicht.

Und dann, als ich in der Schlange anstand, erschienen mir auch andere, vier von ihnen, vielleicht auch nur drei, die Adonisse aus der Mittelstufe, die zwei Klassen über mir waren und im Hof des Gemüseladens immer auf mich warteten. Matratzchen nannten sie mich.

Ich verstand, das war kein Kompliment, und streckte ihnen die Zunge raus.

Die wird mal eine Dauerlutscherin, stellte einer von ihnen fest. Sie platzten fast vor Lachen.

Ich lachte auch, verlegen, aber dann kam mein Vater, und sie nahmen Reißaus, mein Vater rannte hinter ihnen her, und ich wäre am liebsten gestorben.

Als ich schließlich an der Reihe war, musste ich einige Anstrengung aufbringen, um die Tränen zurückzuhalten und einem unbekannten Apotheker mein Rezept zu reichen.

Dieses Gefühl, dass du niemanden mehr kennst und alle sind jünger als du. Du spürst, dass deine Zeit um ist. Ich wollte sterben, betete zu sterben, und als ich aus der Apotheke trat, stand ich in einer Schlammpfütze.

Schön langsam, sagte ich mir mit jedem Schritt. Das Herz schlug mir bis zum Hals, und vorsichtig setzte ich einen Fuß vor den anderen, hielt mich an Zäunen fest, hatte solche Angst, ich könnte ausrutschen und mein Leben enden wie das meines Vaters. Trotz allem, das begriff ich, wollte ich offenbar doch noch ein bisschen leben.

Sehr sogar, so wankelmütig bin ich eben.

13:41

odeliaor@gmail.com

Odelia, ich habe gezögert, aber dieser Tage lasse ich niemandem etwas durchgehen, weder mir selbst noch anderen.

Wer Wasser predigt, soll keinen Wein trinken.

Also: »Was sind Sie schön, und wie gut Ihnen dieses schwarze Kleid steht«, das war, was Sie sagten, als wir uns auf meinem Heimweg von der Apotheke trafen.

Mir ist klar, das war ehrlich gemeint, Sie wollten mir ein Kompliment machen, und doch schoss ich automatisch zurück: Schön, und wenn schon? Was heißt das schon? Wer ist der Schwachkopf, der gesagt hat, es sei schön, schön zu sein?

Odelia, ich hoffe, Sie kennen mich inzwischen ein wenig, so bin ich nun mal, das ist nicht aus Boshaftigkeit oder so. Ich entschuldige mich aufrichtig, dass ich Sie so angegangen habe. Aber wissen Sie, aus meiner Warte ist Schönheit ein ganz schlechter Film. Immer schon hat man mir gesagt, ich sei schön, und was hat's gebracht? Ich wurde süchtig nach Komplimenten, wartete auf den Nächsten, der mir sagte, wie schön ich sei, die Schönste von allen, erwartete, das würde immer so weitergehen, nur um am Ende an meiner Schönheit zu ersticken.

Aus der Höhe meiner Jahre erlaube ich mir, Ihnen zu sagen, Schönheit ist ein Spielzeug für viele, aber stellen Sie sich vor, in meinem Fall hatte ich niemanden zum Spielen, und heute, wenn man mir sagt, ich sei schön, dann explodiere ich innerlich, denn was, zum Teufel, fängt man mit Schönheit an? Ich wäre lieber liebenswert, klug und lustig gewesen. Und da ist noch diese Eigenschaft, die als Durchsetzungsfähigkeit bezeichnet wird und für die es im Hebräischen eigentlich kein Wort gibt, doch auch die hatte ich nie. Ich war, wie Sie sicher schon verstanden haben, nur schön.

Liebe Odelia, wenn Sie es bis hierher geschafft und die Geduld aufgebracht haben, zu lesen, was ich Ihnen hier geschrieben habe, will ich es dabei bewenden lassen.

Dankend,
Ihre Nachbarin
Rivi

verschickt

16:13

docbarlev@gmail.com

Lieber Ido, ich gebe nicht auf, du kennst mich.

In den letzten Stunden habe ich versucht, im Internet und den angeblich so sozialen Netzwerken deine Adresse ausfindig zu machen, habe auch auf Facebook nach dir gesucht, aber nichts. Anscheinend sind wir wirklich *disconnected*. Dr. Chasut, deine Nachfolgerin, weigert sich entschieden, mir deine Adresse zu geben. Wenigstens konnte ich mich mit dem Rezept trösten, das sie mir ausgestellt hat.

Im Augenblick bin ich in der Küche mit einem Glas Wasser und einer ganz frischen Xanax in der Hand, sitze da mit dem Gefühl, jemanden verloren zu haben, der mir nah war, und kann nicht glauben, dass unsere Verbindung für immer gekappt sein soll. Am meisten schmerzt der Gedanke, dass du derjenige bist, der keinen Kontakt mehr zu mir will, und ich kann nur hoffen, dass ich mich täusche und Dr. Chasuts Weigerung ihre eigene Entscheidung ist.

Also bitte, melde dich.

Die Deine,

Rivi

verschickt

18:05
docbarlev@gmail.com

Lieber Ido, der Gedanke, dir könnte etwas zugestoßen sein, treibt mich zur Verzweiflung. Vor ein paar Minuten habe ich eine ungeschriebene Abmachung gebrochen und dich auf deinem Handy angerufen, aber jemand, der nicht einmal deinen Namen kannte, war dran.

Mein lieber, teurer Ido, du bist der Einzige, der in den extremsten Phasen meines Lebens an meiner Seite war, du warst bei mir, als meine Mutter erkrankte, warst da, als ihr Zustand sich verschlechterte, standest mir in den letzten Monaten ihres Lebens bei, und als sie sich schon nicht mehr aus eigener Kraft bewegen konnte, hast du einen Tischler aufgetan, der ihr eine hölzerne Rampe baute, damit sie aus dem Fenster auf ihre verlorenen Hoffnungen schauen konnte. Zwei Tage vor ihrem Tod sagte sie dir, »Doktor, mein Körper macht nicht mehr mit, er mag nicht mehr«. Und sie bat dich, dich um mich zu kümmern, wenn sie gegangen sei. Du warst bei mir, als sie starb, warst auch in den Tagen der Schiv'a immer da, und es durchfährt mich noch wie ein Stich, dass ich mein Leben Träumen, Illusionen und falschen Hoffnungen geopfert habe, anstatt bei dir hartnäckiger zu sein.

Ich bin sicher, auch du erinnerst dich an den Augenblick, in dem unsere Beziehung sich zu lösen begann. Es war am fünften Tag der Schiv'a, in der Küche saßen die Nachbarinnen Fruma und Golda bei mir, heute klingen ihre Namen, als entstammten sie irgendeinem angestaubten, flachen Boulevardstück, aber sie waren echte Frauen, jede mit einer herzzerreißenden Lebensgeschichte aus der Schoah, ohne wirklichen Neuanfang. Und auch du warst da, als Michael plötzlich überraschend auftauchte und ich in seine Arme fiel wie in einen Abgrund.

Er umfing mich, und irgendwie ergab es sich, dass wir uns küssten, aber richtig.

Das Ganze war so klar wie Sonnenschein mitten im August, dieser Kuss war der Beleg, dass da etwas war zwischen uns, und da standest du auf und gingst. Und danach gingen auch Golda und Fruma.

Die Wahrheit ist, das Folgende hat eigentlich nichts mehr mit dir zu tun, ist aber Teil der weiteren Entwicklung an jenem Abend. Du kannst, wenn du willst, diesen Abschnitt getrost überspringen. Extra kursiv, damit du dich leichter tust.

Michael und ich saßen Arm in Arm nebeneinander und hörten die Nachrichten im Radio, der Meteorologe verkündete, der Sturm würde an Stärke noch zulegen, mit Blitz, Donner, Hagel – keine Metapher, sondern buchstäblich.

Tatsächlich erzitterten Himmel und Erde an jenem Abend.

Michael wohnte am nördlichen Stadtrand, und als es hieß, die Straßen Richtung Norden seien unpassierbar, spürte ich, das war eine Gelegenheit, die ich mir nicht entgehen lassen durfte, und so schlug ich ihm vor, bei mir zu übernachten.

Er willigte ein.

Doch als die Nachrichten vorbei waren, löste Michael die Umarmung, wie man einen Stecker aus der Dose zieht, sagte, er sei müde, gab mir einen cousinhaften Kuss auf die Wange und verabschiedete sich ins Zimmer meiner Mutter, in ihr Bett.

Ich fand keinen Schlaf in jener Nacht, wegen Mutters Tod und auch weil Michael in ihrem Bett lag, am Morgen machte ich Frühstück für zwei, aber er entschuldigte sich und sagte, er müsse nach Hause und sich umziehen, bevor er in die Redaktion fahre.

Als er durch die Tür war, warf ich in einem Wutanfall das ganze Frühstück in den Müll, aber den Traum, den behielt ich, ich schlitterte in die bekannten Illusionsspielchen, die ich mit mir selbst spielte, glaubte, er liebe mich und warte nur darauf, dass die Schiv'a zu Ende ging. Das alte Syndrom der Selbsttäuschung.

Ido, ich schreibe heute alles ganz ungeschützt, erspare auch mir wirklich nichts, denn ich begreife, das ist eine allerletzte und zudem reichlich späte Gelegenheit, mich zu erklären und für alles zu entschuldigen, für so viele Dinge, die ich gesagt habe, vor allem für mein Geschrei bei unserem Treffen in dem Café. Erinnerst du dich? Es war am Ende der dreißigtägigen Trauerzeit, ich war am Boden zerstört und wollte nur, dass du verstehst, meine Beziehung zu Michael hatte tatsächlich nur in meinem Kopf stattgefunden, und so bestritt ich sogar, dass er mich geküsst hatte, ich behauptete, du hättest dir das nur ausgedacht, um einen Vorwand zu haben, dich von mir loszusagen, und als du mir erklärtest, all das sei ohnehin unerheblich, weil du wieder nach Hause zu deiner Frau und deinen Kindern zurückgekehrt seist, da wurde ich, das weiß ich noch, laut, ich habe geschrien, ob ich bloß ein Abenteuer für dich gewesen sei, ein bedeutungsloser Fick, und alle, die dort im Café saßen, starrten mich an.

Und dann bist du aufgestanden und gegangen.

Auf dem Nachhauseweg war ich wie blind, ich lief bei Rot über die Straße, und als ein Autofahrer quietschend abbremste, mich anbrüllte und fragte, ob ich vorhätte zu sterben, habe ich nur gesagt, ja.

Verdient hättest du es, hat er erwidert.

Es rührte mich, dass du trotz meiner Schreierei dort im Café angeboten hast, weiterhin mein Arzt zu sein. Später, als ich kam, um wie selbstverständlich ein Xanax-Rezept von dir zu bekommen, hast du mir gestanden, dieser Moment mit Michael habe deine Entscheidung, nach Hause zurückzukehren, endgültig gemacht, worauf ich regelrecht zusammenbrach, und heute, wenn ich über uns beide nachdenke und über mein Leben, begreife ich, auf welche verhängnisvolle Weise Michael mein Leben immer wieder durchkreuzt hat. Du weißt, ich habe dich eigentlich nie ganz verloren gegeben, habe dich von Zeit zu Zeit immer mal wieder gefragt, ob denn nicht … ob nicht vielleicht doch … Aber du warst entschlossen, bei deiner Frau zu bleiben, nur um mir dann abermals zu versichern, auf jeden Fall mein Arzt bleiben zu wollen, und ich verstand, ich bin die einsame Rekordhalterin der vermasselten Chancen, auch mit dir habe ich es einfach vermasselt.

Es schmerzt mich, dass dich diese Dinge, die mir wichtig sind und die ich dir geschrieben habe, wohl nie erreichen werden.

Die Deine.

Ich danke dir. Ich achte dich sehr,

Rivi

verschickt

19:06

Es ist Abend, und ich verfalle in tiefe Traurigkeit, zwinge mich, wieder zu den Räum- und Packarbeiten zurückzukehren, entscheide mich, die Putzmittel unter der Spüle in der Küche zu sortieren, und dort kniend, den Kanister mit dem Bleichmittel und das Putzmittel zum Wischen der Böden in der Hand, entdecke ich ein Ameisennest, oder sind das vielleicht sogar Termiten? Doch dann sage ich mir, es ist ja nun wirklich egal, welche Spezies genau jetzt das Haus zerlegen wird.

19:18

»Jack, Kammerjäger GmbH«, meldete sich eine Stimme.

»Ist Yaakov zu sprechen?«, bat ich.

»Sie meinen Jack?«, fragte die Stimme.

»Ja«, erwiderte ich, die Fassung wahrend, aber in mir rumorte es.

»Er ist nicht da.«

»Wann kommt er wieder?«

»Er kommt nicht wieder.«

»Warum, was ist passiert?«, fragte ich erschrocken.

»Er hat eine Filiale in Miami aufgemacht«, sagte der Mann am anderen Ende der Leitung.

Ich spürte einen Kloß im Hals.

»Wo liegt das Problem?«, fragte er.

»Vor ein paar Minuten habe ich unter der Spüle Termiten gefunden«, meinte ich, wegen Ameisen den Kammerjäger anzurufen, schien mir plötzlich lächerlich. »Aber im Grunde genommen wird mein Haus ohnehin in zwei Tagen abgerissen, und dann kommen die Bagger und beseitigen auch die Termiten. Und bis dahin könnte ich den Spülschrank vielleicht ja mit Gaffer Tape zukleben, was meinen Sie?«.

»Gaffer Tape ist der Hit«, sagte er.

Bevor er auflegte, hörte ich ihn zu wem auch immer sagen, »Schon erledigt, bloß irgendeine verwirrte alte Dame«.

19:21

Vor Jahren entdeckte ich spätnachts in meinem Schlafzimmer eine Ratte und rief panisch eine entsprechende Firma an.

»Yaakov Schädlingsbekämpfung GmbH«.

Kurz darauf stand ein Mann vor meiner Tür, Mitte fünfzig, stellte sich als Yaakov vor, und ich, Macht der Gewohnheit, amüsierte mich mit dem Gedanken, er taxiere mich insgeheim. Nein, nein, ich bin nicht dement, ich weiß, er tat es nicht, wie gesagt, Macht der Gewohnheit, wenn die Augen von Männern auf mir ruhen, stellt sich noch immer das Gefühl ein, sie sähen trotz allem nur Brüste und Hintern.

Wie auch immer, während er noch nach der Ratte suchte, die in der Zwischenzeit verschwunden war, bemerkte ich höflich, der Name »Yaakov Schädlingsbekämpfung« sei nicht besonders attraktiv, und schlug stattdessen »Jack, der Kammerjäger« vor.

Das freundliche Lächeln, das auf seinem Gesicht erschien, ließ mich ihm einen Kaffee anbieten. Und in einem Anfall von Spontaneität, den ich wirklich nicht erklären kann, erzählte ich ihm, die Arbeitsstelle, die ich vor ein paar

Monaten verlassen hätte, habe mir zum Abschied ein Abonnement für das Lev-Kino geschenkt, und hätte er nicht vielleicht Lust auf einen Kinobesuch?

Der freundliche Schädlingsbekämpfer ließ sich von meinem Angebot nicht schrecken, fragte nur höflich, ob denn auch drei Karten denkbar wären, sagte, er würde gerne mit seiner Freundin kommen. Ich verstand ihn, so antwortet man einer älteren Dame. Ja, das sei möglich, sagte ich, ich war offenbar deprimiert genug, um einzuwilligen.

Die Ratte wurde, nebenbei gesagt, nie gefunden, aber sie ist auch gar nicht die Geschichte, denn einige Tage danach trafen wir uns in einem Café.

Er, ich und seine Freundin namens Nina, Pflegerin in einem Seniorenstift, eine lebhafte und angenehme Person, die voller Liebe und Mitgefühl über ihre Patienten sprach und mir sogar vorschlug, die Einrichtung einmal zu besuchen.

»Wir haben auch eine Abteilung für betreutes Wohnen«, deutete sie mit allem gebotenen Feingefühl an, während Yaakov über neue Schädlingsbekämpfungsmittel redete. Danach schauten wir uns einen israelischen Film an, *Meine Augen* hieß er und handelte von einem Polizisten, der in Schwierigkeiten gerät, alles, was der arme Kerl für sein Leben erhofft hat, tritt nicht ein und wird auch nie eintreten. Als wir uns verabschiedeten, vereinbarten wir, uns bei der nächsten Ratte wiederzutreffen.

Oder beim nächsten Skorpion, sagte ich, und wir lachten.

Wieder zu Hause, stürzte ich ab. So bin ich. Diese Abstürze folgen erhebenden Erlebnissen, wie zum Beispiel einem netten Abend mit Kinobesuch, unausweichlich, vielleicht ja, weil sie so selten sind. Jedes Mal würde ich am liebsten sterben, finde aber irgendwie immer Gründe, die es mir ermöglichen, weiterzuleben. An jenem Abend amüsierte ich mich mit dem Gedanken, dass mir Ratten, Skorpione und Ähnliches irgendwann sicher nicht fehlen würden. Und heute hatte ich mich für einen Moment gefreut, dass wir uns dank der »Termiten« wiedersehen könnten, auch wenn eigentlich wenig dafür sprach, die ganze Wohnung einzunebeln, zwei Tage vor dem Abriss des Hauses. Aber ich rief »Yaakov Schädlingsbekämpfung GmbH« an, in der Hoffnung, wir würden uns vielleicht wieder zu Kaffee und einem Kinobesuch verabreden. Das Ganze lief eher unter der Rubrik Vergnügen und Zeitvertreib bei mir, vielleicht war es auch ein Antidepressivum oder was auch immer, um dann, wie eigentlich alle Dinge in meinem Leben, in einem Fiasko zu enden.

Noch zwei Tage

09:40
Noahflowers@gmail.com

Hey, Noah, noch zwei Tage bis zum Anbruch der Furchtbaren Tage. Ich bin gestern früh schlafen gegangen, aber jetzt gerade erst aufgestanden, habe das Fenster geöffnet, draußen den Bauleiter und den Baggerführer gesehen und endgültig verstanden, es ist real, vollkommen real. Und gleich haben sich in meinem Kopf wieder alle Dämonen, Geister und Toten versammelt.

Du weißt ja, wie Vergangenheit und Gegenwart sich in mir vermischen. Heute sind mein Vater und meine Mutter in die Wohnung zurückgekehrt, und mit ihnen die Nachbarn, alle schon tot seit dem letzten Jahrhundert, haben sie sich jetzt gemütlich auf dem Balkon gegenüber niedergelassen. Auch Sonja erschien mit ihrem Kinderwagen voller Wollknäuel und Stricknadeln, Bluma schaute auf einen kurzen Besuch vorbei, und später kam auch noch Fruma, und als ich sie sah, bekam ich Lust auf Pitanga, fragte sie, ob sie so eine Surinamkirsche habe, und sie erinnerte mich daran, dass die Pitanga doch erst im Frühling wächst.

Und mein Herz fliegt ihr zu, du weißt ja, die einzigen Freundinnen, die ich je hatte, waren diese Nachbarinnen, ja, wenn ich es mir recht überlege, mit Mädchen in meinem Alter bin ich nie ausgekommen, oder sie nicht mit mir, was ja auf dasselbe hinausläuft. Wenn ich heute in meinem fortgeschrittenen Alter versuche zu verstehen, wie es dazu kam, dass ich nicht eine einzige Kindheitsfreundin hatte, dann begreife ich endlich, ich habe mich, warum auch immer, mein ganzes Leben geweigert, von meiner sonderbaren Gewohnheit zu lassen, dieser Schwäche, an Träume zu glauben, mich der Realität zu verweigern. Ich bin in der Gegenwart nie wirklich angekommen.

Ich frage dich, wieso ist mir das passiert?

Du wirst sagen, es hat keinen Sinn mehr, nach Erklärungen zu suchen, oder Ausreden, wirst sagen, eine Antwort sei so gut wie die andere. Sei mir nicht böse, dass ich dich mit all diesen rabulistischen Gedanken bedränge, glaub mir, ich versuche ja, mich zu zügeln, erkenne ja, dass sie mich runterziehen, und obwohl ich gehofft und geglaubt hatte, das Schreiben würde mich befreien und vielleicht sogar beruhigen, versinke ich in Selbstmitleid. Was kann man machen. Die meiste Zeit kann ich nur mit den Wänden reden, mit den Toten und der Tastatur. Ich bin so einsam, Noah. Entschuldige, aber jetzt ist Odelia an der Tür.

Bye,

Rivi

verschickt

13:17
odeliaor@gmail.com

Hey, Odelia, als Sie mir heute Morgen sagten, Sie würden in der Wohnung Ihrer Großmutter wohnen, da lag mir auf der Zunge, zu sagen, nun, jeder hat das Recht, so viel Unsinn zu reden, wie er möchte. Ich schwöre Ihnen, nicht in meinen wildesten Fantasien wäre ich auf den Gedanken gekommen, dass Sonja eine Tochter gehabt haben könnte. Und noch weniger hätte ich mir vorstellen können, dass sie, eine Schoah-Überlebende, je eingewilligt hätte, ihr Baby einer Adoptivfamilie im Kibbuz anzuvertrauen. Das ergibt so wenig Sinn, ist schlicht und ergreifend – *impossible!!!*

Also, liebe Odelia, die Sonja, die ich gekannt habe, hatte keine Kinder! Klipp und klar und unwiderruflich.

Auf jeden Fall aber haben Sie mich zurück in meine eigene Geschichte befördert. Sonja de la Schmatte riefen die Kinder sie wegen all des Zeugs in ihrem Kinderwagen, und sie nannte sie Banditen, aber liebevoll, so kam es mir jedenfalls vor. Wie auch immer, seit Sie vorhin gegangen sind, sehe ich die Frau, von der Sie sagen, es sei Ihre Großmutter, mit ihrem quietschenden Kinderwagen voller Wollknäuel und Stricknadeln durch die Gegend laufen, sehe die Kinder, die um sie herumspringen und sich über sie lustig machen. In diesem Augenblick verteilt Sonja ihre selbst gestrickten Pullover an die Kinder, und die werfen sie in die Luft, spielen Fußball, Volley- oder Basketball damit und schütten sich aus vor Lachen.

Die Pullover, die sie strickte, waren übrigens wirklich schön, es waren Pullover in allen Farben, einige mit Knöpfen, andere mit Reißverschluss, welche mit Taschen und welche mit Kapuze.

Irgendwie glaubhaft wurde Ihre Geschichte für mich erst, als Sie mir erzählten, Sie hätten erst vor sechs Jahren, als der Nachlassverwalter Ihrer Großmutter Sie anrief und Ihnen mitteilte, Ihre Großmutter habe Ihnen ihre Wohnung vermacht, von Ihrer eigentlichen Herkunft erfahren. Dazu kann ich nur sagen, Arschlöcher allesamt! Schon lange bin ich der Meinung, Schweigen gehört bestraft, ich selbst hatte auch eine totgeschwiegene Schwester, und während Sie sprachen, musste ich an sie denken und habe deshalb leider Mühe, mich zu erinnern, was Sie mir noch erzählt haben. Normalerweise erinnere ich mich an jedes Wort, ich habe ein Hypergedächtnis, das ist eines meiner Probleme, ich tue mich schwer mit dem Vergessen. Aber ich erinnere mich, Sie sagten, dass Ihre Mutter vor sieben Jahren starb und Ihr Vater zwar noch am Leben, aber schon nicht mehr ansprechbar sei, sodass Sie niemanden haben, den Sie fragen könnten, was heißt, dass vielleicht nur noch ich übrig bin.

Fragen Sie mich, Odelia, ich werde taktvoll sein. Seit wir gesprochen haben, lässt Ihre Großmutter mir keine Ruhe. Jetzt zum Beispiel ist sie gerade im Gemüseladen meines Vaters, packt Obst und Gemüse in einen rosafarbenen Plastikkorb und erzählt meinem Vater, ihrem Baby sei schrecklich kalt, weshalb sie schnell nach Hause müsse und ihm einen warmen Pullover stricken, und mein Vater bedeutet ihr mit einem Blick und einem Lächeln, dass sie nichts bezahlen muss.

Ich kann in den letzten Stunden kaum an etwas anderes denken als an Sonja … An einem der heißen Sommertage zum Beispiel kam mein Vater eines Abends mit einer Strickjacke nach Hause und bat mich, sie anzuziehen und damit zu Sonja zu gehen, um ihr eine Freude zu machen. Er war schon immer sehr großherzig auf meine Kosten, aber das gehört zu meiner eigenen Geschichte. Wir wollen nichts durcheinanderbringen.

Wissen Sie, Odelia, es hat mich sehr berührt, zu hören, dass Sie in den letzten Tagen meinten, Sie würden Ihre Großmutter zu Ihnen sprechen hören. Dieses Phänomen ist mir nur zu bekannt, ich glaube, niemand hat diesen Ort hier, diese Welt, je wirklich verlassen, und ich hoffe, jetzt ist auch Ihnen klar, dass die Menschen, die hier lebten, ihre Stimmen zurückgelassen haben, ihre Gerüche und ihre Geister. Ja, ich hoffe, Sie werden nun vielleicht verstehen, warum ich so verzweifelt fürchte, infolge Ihres Projekts könnte all das verloren gehen. Auch wenn Sie die Absicht haben, an einer Mauer des neuen Hauses eine Erinnerungstafel zum Gedenken an Sonja anbringen zu lassen. Und auch wenn mich das freut. Ich meinte es ganz ernst, als ich Ihnen sagte, ich sei der Meinung, Sie hätten da ein echtes Start-up, aber ich fürchte, Sie hatten vielleicht den Eindruck, ich würde mich über Ihre Idee lustig machen, und sind deshalb aufgestanden und gegangen. Also, um das klarzustellen, Ihre Idee einer Erinnerungstafel hat mich begeistert, und ich würde mich freuen, wenn Sie auf einen Kaffee vorbeikämen.

Die Ihre,
Rivi

verschickt

13:52

Ich bleibe in der Küche sitzen, lehne mich gegen die Lehne des Stuhls. Er steht fest, und ich strecke beide Hände in die Höhe. Ima, sage ich – ich rede laut mit ihr –, vor ein paar Stunden hat mich Sonjas Enkelin besucht, Sonja hat offenbar eine Tochter gehabt, die in eine Pflegefamilie im Kibbuz gegeben wurde. Ich habe den Eindruck, ihr Blick weicht mir aus, sie entfernt sich von mir und verschwindet, lässt mich in einem Zustand der Unruhe zurück. Aber als ich mich daranmache, die Essensreste zu beseitigen, meine ich, sie zu hören. Sie bittet mich, aufzuessen, eine warme Dusche zu nehmen und meine Schulaufgaben zu machen. Und mit einem Mal ist mir klar, dass ich ihr gar nichts Neues erzählt habe, dass sie Bescheid wusste. Das ist das wiederkehrende Motiv in meinem Leben, denke ich, noch immer erfahre ich, eine Dame von neunundsechzig, Dinge, die ich längst hätte wissen sollen.

14:59

Jetzt ist es still, schon fast eine Stunde, nichts passiert, draußen und in mir steht die Zeit, die Minuten erscheinen mir endlos und dürr. Ich stelle mir vor, meine Mutter kehrt nach Hause zurück, kommt für einen letzten Besuch, ich eile zum Fenster und sehe sie, wie sie über den vertrauten Pfad schreitet, sehe ihre schreckensweiten Augen in dem Moment, in dem sie entdeckt, dass in unserem Gemüseladen heute Sandwiches mit Lachs anstatt der eingelegten Heringe von früher verkauft werden, Focaccia mit Mozzarella hat den guten alten Scheibenkäse von Tnuva ersetzt. Und Weißbrot gibt es auch keins mehr. Ich sehe, ihre Nasenflügel blähen sich, als sie vergeblich versucht, den unwiederbringlich verschwundenen Geruch von Orangen, Dill und Paprika zu wittern. Ihre Augen weiten sich, als sie begreift, in Goldas Haus hat ein Tattoostudio eröffnet, ein Gedanke, der mich amüsiert: ein Tattoostudio, in unmittelbarer Nähe unseres Hauses! Sie aber lacht nicht. Danach betrachtet sie lange, was wir einst »Blumas Anbau« nannten. Sie kann sich, so scheint mir, nicht mehr erinnern, wer dort gewohnt hat, und auch mir ist sein Name entfallen. Ein alleinstehender, kinderloser Mann, der in dem dunklen Raum gehaust hat, seine Leiche haben die Nachbarn erst Tage nach seinem Tod gefunden, und erst, als er tot war, haben sie überhaupt Notiz von ihm genommen. Man hat diesen Anbau erweitert und renoviert, und heute lebt dort friedlich und zufrieden ein Männerpaar, der eine Tänzer, der andere ein Computermensch. Zu deinen Lebzeiten, Ima, sage ich, gab es so etwas nicht, die Bewohner der alten Zeiten glaubten noch an die Gesetze der Arche Noah, Mann und Frau, sie glaubten, in unserer Welt gebe es keine andere Form von Partnerschaft. Gut, dass du gekommen bist, Ima, das ist *die* Gelegenheit, eine neue Welt kennenzulernen.

Sie geht weiter, kommt an der Stelle vorüber, wo Frumas Garten war, dort, wo früher das Rosenbeet war, parkt jetzt ein schwerer Geländewagen. Ich sehe, dass sie weint. Wie auch nicht. So viele Jahre, all die Rosensträuße, all die Gespräche. Wäre Fruma noch, vielleicht wäre auch ihr Garten noch da, wäre noch immer die Zeit des Pflanzens, und die Zeit des Ausreißens noch fern.

Natürlich, das ist alles absurd, aber es beglückt mich so,

dass meine Mutter zu mir zurückgekehrt ist. Vor Fridas Frisiersalon bleibt sie minutenlang stehen und betrachtet das Schild mit der Aufschrift »Institut für fortschrittliche Botoxanwendungen«.

»Schönheit ist nicht alles im Leben«, wie auf Kommando geben wir im Duett diesen Schmalz von uns. Jetzt ist sie schon ganz nah, ihr Blick fällt bereits auf Sonjas Wohnung, in der jetzt deren Enkelin Odelia wohnt.

Ima, sage ich, wenn du weitergehst, wirst du gleich auch mich in unserem Fenster sehen, und vielleicht denkst du, ich sei in Wirklichkeit du.

Ich schließe die Augen. Und dann plötzlich, während ich noch wünsche, auch mein Vater würde sich zu uns gesellen, wird mein Wunsch Wirklichkeit. »Wo ist Ima?«, höre ich ihn fragen. »Und wo ist Rejsele?« Gleich bin ich angespannt. »Was gibt es da zu fragen?«, zische ich. »Ima ist am Fenster, immer nur am Fenster, und ich bin in meinem Zimmer, wie üblich.«

Er hört mich und schweigt, geht in die Küche und stellt den Karton mit dem übrig gebliebenen Gemüse auf die Arbeitsplatte, und meine Mutter sieht ihn mit ihrem Selleriegesicht böse an und bittet mich, ihm zu sagen, wenn er noch einmal vergammeltes Gemüse mit nach Hause bringt, bekommt sie einen Asthmaanfall. In der nächsten Szene werde ich hören, wie die Haustür sich öffnet, meine Mutter hinausschlüpft und das ganze faulige Obst und Gemüse in den Mülleimer kippt, und wenn sie wiederkommt, werde ich das Tssss ihres Inhalators vernehmen.

Tssss höre ich, und im Hintergrund ein Klopfen an der Tür und gleich noch eins. Wer, zum Teufel, ist da?, frage ich, und weiß es in Wahrheit längst, denn wer kann es schon sein.

15:46
»Die besten Gespräche führt der Mensch mit sich selbst« – Zitat meiner Mutter.

15:48
odeliaor@gmail.com

Liebe Odelia, es tut mir wirklich leid, dass ich heute Morgen so durcheinander war. Sie müssen das verstehen, ich kann es noch immer nicht ganz fassen, dass Sonja eine Tochter hatte.

»Wie ist Sonja gestorben?«, fragten Sie.

An Ihrem Gesichtsausdruck, Ihrer Körperhaltung, konnte ich sehen, dass Sie genau wie ich innerlich sehr aufgewühlt waren. Wissen Sie, ich habe mein ganzes Leben in Gedanken und Träume investiert, und vieles verschwimmt. Aber ich erinnere mich noch genau an den Tag, an dem die Nachbarinnen der neuen Generation das Sozialamt alarmierten und eine Sozialarbeiterin kam und sie mitnahm.

Wenn ich nicht irre, gehörte Ihre Großmutter Sonja zu den letzten Schoah-Überlebenden im Viertel, vielleicht war sie sogar die letzte überhaupt.

»Wohin hat man sie gebracht?«, wollten Sie wissen.

»In eine Einrichtung für psychisch Kranke«, habe ich geantwortet.

»Warum?«, haben Sie gefragt, und ich hatte den Eindruck, Ihr ganzer angestauter Zorn würde sich über mir ausgießen. Aber nicht deshalb bin ich stumm geblieben. Was das angeht, konnte ich Sie verstehen, auch ich suche mir Opfer für meine Wutanfälle. Ich sagte nichts, weil es mir so schwerfällt, über schmerzliche Dinge zu sprechen.

»Wissen Sie, in welche Einrichtung genau? Hatte irgendjemand noch Kontakt zu ihr? Weiß vielleicht noch jemand, was dort mit ihr geschah?« Eine ganze Suada von Fragen.

Und ich schwieg.

»Das ist alles, was Sie zu sagen haben?«, fragten Sie ungläubig, und es war, als versengte es meine Zunge. Ich fing an zu zittern, vor allem meine Hände, ich hatte sie nicht mehr unter Kontrolle, ich setzte mich darauf, hoffte, Sie würden es nicht bemerken.

»Und dort ist sie gestorben?« Sie ließen nicht locker.

»Ja«, brachte ich endlich hervor.

»Woran?«

»Kaffee?«, schlug ich Ihnen vor, wollte das Thema wechseln, aber da sind Sie einfach gegangen, und ich konnte kaum noch atmen.

Liebe Odelia, lassen Sie es mich versuchen – Ihnen zu erzählen, was ich Ihnen nicht sagen konnte, als Sie heute Morgen bei mir waren. Sonja hatte eine Sammlung von Puppen, und eines Tages behauptete sie, der Krieg sei zurück und ihre Puppen dürften die Gräuel nicht sehen, weshalb sie all ihren Puppen die Augen ausriss. Ein Berg von Glas-, Plastik- und Knopfaugen. Noch in derselben Woche wurde sie in die Psychiatrie eingewiesen. Dort versuchte sie, sich mithilfe ihrer Stricknadeln die Augen auszustechen, aber eine Schwester sah es und nahm sie ihr weg. Viele Jahre vergingen, und fast schien es, als hätte Sonja sich mit der Situation abgefunden, aber vor einigen Jahren fing sie wieder mit diesen Stricknadeln an, sie könne nicht leben, ohne ihre Stricknadeln, sagte sie, aber dann begriff sie, dass man ihr die Nadeln nicht zurückgeben würde, und da schlug sie das Fenster ihres Zimmers ein und sprang in den Tod. Odelia, ich möchte, dass Ihnen klar ist, ich kann mich für diese Geschichte nicht verbürgen. Ich war nicht dabei, aber das ist die Version, die unter den Nachbarn kursierte, die sie eigentlich gar nicht gekannt hatten. Bitte verzeihen Sie mir, dass ich Ihnen das heute früh nicht erzählt habe.

Die Ihre,

Rivi

verschickt

17:39

Die Zeit verrinnt, ich kehre zum Fenster zurück, noch ein Tag ist um, denke ich, und eine weitere Nacht liegt vor mir, und wie so oft in der Dämmerung, wenn die Sonne hinter den Wolken zum Horizont sinkt, meldet sich die Stimme meines Vaters in mir, der mir zum wer weiß wievielten Male sagt, kleine Mädchen müssen zu Hause sein, wenn es Abend wird, und als die Dunkelheit anbricht, höre ich ihn mir befehlen, ins Bett zu gehen, die Augen zuzumachen und zu schlafen.

Und gleich darauf herrscht Ima ihn an, »niemand auf der Welt schläft auf Befehl ein«, worauf Aba die Augen zur Zimmerdecke hebt und Gott fragt, wie man auf Mädchen aufpasst, wenn es dunkel ist.

Er fragte auf Jiddisch, aber ich verstand; alles, was es zu verstehen gab, verstand ich stets, hoffte nur, sie würden nicht wieder streiten, und so habe ich mich Jahr um Jahr, wenn die Sonne unterging, bereitwillig in mein Zimmer zurückgezogen. Nie wären sie auf die Idee gekommen, dass ich mich, sobald das Licht in den Zimmern der Wohnung erlosch, davonstahl, zu heimlichen Treffen im Hinterhof unseres Gemüseladens, wo sie auf mich warteten, die besten unserer Söhne, auf Küsse warteten, auf Umarmungen und manchmal auch auf mehr, und mit den Jahren, als sie schon fort waren, auf anderen Schulen oder in der Armee, und ich ein junges Mädchen von vierzehn oder vielleicht fünfzehn gewesen bin, blieb ich in meinem Zimmer und füllte mir den Kopf mit Fantasien. War eine der Töchter der Trapp-Familie, die so schön sangen, freundete mich mit Anne Frank an und mit dem Kommandeur der »Exodus«, aber nicht dem echten, sondern mit dem aus dem Film, mit Paul Newman. Träumte, die Widerstandskämpferin Hannah Szenes zu sein und aus einem Flugzeug mit dem Fallschirm in den Tod zu springen.

Schon immer gefielen mir Geschichten so viel besser als die Wirklichkeit, in der Wirklichkeit hörte ich Stimmen.

Und jetzt ist es wieder so weit.

»Wann heiratet er dich?«, fragt mein Vater.

»Irgendwann«, gebe ich zurück.

»Was willst du bloß von ihr?« Meine Mutter wird ungehalten.

»Gott, mach, dass sie nicht am Fenster steht«, bittet mein Vater.

Freude und Jubel, laut, für den Bräutigam und für die Braut, höre ich den Chor singen.

Am Ende kehren sie immer wieder zu mir zurück, die Worte, Sätze, die Menschen und Ereignisse, das Feuerwerk meines Lebens.

Die Wohnungstür fällt ins Schloss, mein Vater ist zur Arbeit gegangen, die Wohnungstür öffnet sich, mein Vater kehrt zurück.

»Allmächtiger, du bist noch immer hier?«, fragt er.

»Ich bin noch hier«, antworte ich.

20:53

Ah, Michael, was für eine Überraschung. Ob ein Five-o'clock-Kaffee genehm wäre?, fragst du. Sicher genehm. Wann?, möchtest du wissen. Von mir aus kannst du sofort kommen, Kaffee kann man immer trinken, und in unserem Alter, weißt du, ist gleich immer besser, wer weiß, was morgen sein wird.

22:59

Auf-auf-Feuer-entzünd-in-meiner Nacht … schon seit einer Stunde singe und tanze ich und sage den Wänden der Wohnung, alles in Ordnung, ihr seid es nur nicht gewohnt, mich glücklich zu sehen.

Und immer wieder lese ich Michaels überraschende WhatsApp-Nachricht, lese sie laut und lauteren Herzens. Großer Gott, offenbare mir, wenigstens dieses eine Mal, bin ich wieder das Opfer meiner Fantasien?

23:18

Noahflowers@gmail.com

Noah, entschuldige, es ist spät, aber stell dir vor: Michael hat auf meine E-Mail geantwortet und schlägt vor, dass wir uns treffen. Ich bin aufgeregt wie eine Sechzehnjährige, streiche ruhelos durch meine Zimmer. Etwas passiert in meinem Kopf, Noah, plötzlich bin ich wieder von den alten Möbeln und Sachen umgeben, die Bücherregale reichen wieder bis zur Zimmerdecke, beladen mit den alten Schinken, die Kleider von früher sind wieder im Schrank, das alte Geschirr in der Küche, sogar der Wischmopp ist an seinem Platz, der Putzlappen im Eimer und der Tisch in der Küche, voll alter Zeitungen und Vaters Gemüseresten.

Dem Anschein nach ist alles gut.

Noah, das ist vielleicht meine letzte Gelegenheit, noch einmal etwas Glück zu empfinden, also was kümmert es mich, ob ich mir abermals etwas vormache oder nicht.

Gute Nacht.

Deine Rivi

verschickt

00:00

Kompanie, stillgestanden!

Mein Vater salutiert dem Beinahegeneralstabschef.

Kompanie, präsentiert die Fahne!

Der Beinahegeneralstabschef spricht mit dem Chefredakteur.

»Nimm sie«, sagt er.

Vorgetreten, hallt der Befehl über den Exerzierplatz.

»Er hat mir gar nicht erzählt, dass du so schön bist«, sagt der Redakteur.

00:16

Noahflowers@gmail.com

Mein lieber Noah, wenn ich schon nicht einschlafen kann, dann schreibe ich wenigstens, und wenn ich schreibe, dann bin ich wieder bei uns, will sagen: bei dir und mir, kehre zurück zu unserer ersten Begegnung. Hast du damals eigentlich gespürt, wie tief meine Trauer war? Mein Vater war kurz zuvor verstorben, Arik bei dem Autounfall ums Leben gekommen, Michael offen und erklärtermaßen mit einer anderen zusammen – all das weißt du. Aber was du nicht weißt: Ich war auch schwanger, ohne zu wissen, von wem. Hätte ich gewusst, dass Michael der Vater war, hätte ich jetzt ein Kind. So viele Dinge im Leben zu beweinen.

verschickt

00:20

Noah, damals hast du mich, ein paar Tage nach der Abtreibung, zu diesem Kurs überredet: Kränze binden für die Gefallenen. Das passte, und ich kam, und du wolltest mir den süßesten Welpen aus dem Wurf deiner Hündin Galila schenken. Ich fürchtete damals, das war alles nur, weil du wusstest, ich hatte eine Abtreibung hinter mir. Dein Einfühlungsvermögen rührte mich, oder hatten dich Geister geschickt? Dieser Gedanke machte mich schaudern.

Ich glaube, ich weine gleich, Noah, Stimmen und Erinnerungen stürzen auf mich ein, kratzige Erinnerungen. Warum, um Gottes willen, erzähle ich dir jetzt von meiner Schwangerschaft, meiner Abtreibung? Ist es der Strudel, in den Michael mich schon wieder reißt, Noah, ich habe Angst, dass mir alles entgleitet … Sag, ist das vielleicht der richtige Zeitpunkt, um das zu rauchen, was du mir mal angeboten hast, das, von dem du sagtest, es würde mich fröhlich machen? Noah, *please*, sag mir, dass alles gut werden wird, sag es mir.

Deine unglückliche Rivi

verschickt

00:21
Noahflowers@gmail.com

»Unglück ist eine bewusste Entscheidung, so, wie sich frei und heiter zu fühlen eine Entscheidung ist …«

Sicher ahnst du schon, dass du mich mit solchen Kalenderweisheiten in den Wahnsinn treibst. Du machst mich verrückt, Noah. Offenbar gibst du mir die Schuld an meinem Unglück, schreibst mir schon wieder, ich müsse mich einer Analyse unterziehen. Glaubst du wirklich, dass es Sinn macht, mit siebzig noch eine Analyse zu beginnen? Und wozu?

Damit ich endlich das Verhältnis zu meinen Eltern aufarbeite? Oder eine treue Kindheitsfreundin finde? Oder um endlich den Mut zu haben, in irgendeiner Talkshow über die Generäle zu erzählen, die mich vor fünfzig Jahren missbraucht haben?

Noah, ich bin Geschichte, und die Geschichte lässt sich nicht mehr ändern, und der Schmerz darüber, der gehört mir.

Noah, irgendwie spüre ich da was, hege den Verdacht, es geht dir nicht gut. Liege ich falsch?

Rivi

verschickt

05:46

Zeit zu schlafen, habe ich mir nach einer Xanax und einer Tafel Schokolade gesagt. Bin ins Bett, habe mir das Kopfkissen zurechtgeschüttelt, und plötzlich kehrte da ein vergessener Augenblick zu mir zurück, der Moment, in dem ich auf meinem Kopfkissen eine Goldkette mit einem Anhänger in Herzform fand und meine Mutter lächelnd in der Zimmertür stand und sagte, dieses goldene Herz sei mir vom Himmel geschickt worden. Ich setzte mich aufs Bett, meine Mutter kam näher, legte mir die Kette um, und dann trat auch mein Vater in die Tür, hielt das Zeugnis mit Auszeichnung, das mir an jenem Tag verliehen worden war, an die Brust gedrückt (es war das am Ende der vierten Klasse, glaube ich) und schlug vor, es zu rahmen und bei sich im Gemüseladen aufzuhängen, doch meine Mutter bestand auf dem Wohnzimmer, und die Diskussion begann.

Und heute Nacht sind sie hier.

Wir haben eine Überraschung für dich, sagen sie und bitten mich, einen Badeanzug anzuziehen und mich zu beeilen.

Aber es ist doch Winter, will ich sagen.

Wir gehen ans Meer, sagt mein Vater.

Eine sonderbare Freude überkommt mich, mein Körper erwacht, ich spüre, wie meine Muskeln sich spannen, ziehe die Decke höher, bin bereit zum Aufbruch.

Meine Augen sind geschlossen, das Bild ist hell und gestochen scharf.

Wir fuhren mit dem Bus zum Meer. Am Strand breitete mein Vater ein großes Handtuch aus, und meine Mutter holte aus einem Plastikkorb Wassermelonenstücke, Weintrauben und Pastrami-Sandwichs, und später kauften sie mir noch ein Ananaseis. Ein fröhlicher, unbeschwerter Tag, den wir im Zoo beschlossen, aber dort gab es schon wieder Streit: »Nur nicht zu den Löwen«, sagte mein Vater. »Ein Löwe ist zu allem fähig!« Er wollte zu den Vogelvolieren oder den Schildkröten, ich durfte den Affen Bananen geben, nur zu den Löwen, da durfte ich nicht hin. Dabei waren es die Löwen, die mich anzogen. Vor allem die Löwen.

Draußen ziehen wieder Blitze und Donner auf, zerreißen den Himmel, es regnet, und ich muss daran denken, dass ich den schönen Momenten in meinem Leben eigentlich nie Beachtung geschenkt habe, dass meine Erinnerungen immer nur auf die schmerzhaften Augenblicke gerichtet sind.

Leuchten heute Nacht die Glücksmomente meiner Kindheit auf? Wie Glitter in einer spektakulären Show, quecksilbrig auf und nieder schwebend, zwischen Licht und Dunkelheit tanzend, zwischen Lärm und Stille?

Als Blitz und Donner und auch der Regen aufgehört haben und erstes Tageslicht sich durch die Jalousie stahl, da sah ich plötzlich die Schmetterlingstapete, die mein Vater an die Wand meines Zimmers geklebt hatte, sah die Kuckucksuhr, die er über meinem Bett aufgehängt hatte, damit das Vögelchen mich mit seinem Gesang weckte, hörte die Musik aus *Schwanensee*, die immer auf dem alten Plattenspieler im Wohnzimmer spielte, und mein Körper erinnerte sich an den Tanz, den ich getanzt hatte, damals, als meine Eltern mir am Ende des Tages, als ich nicht zu den Löwen durfte, zum Trost ein Balletttrikot kauften.

Der letzte Tag

08:31
WhatsApp

Du bist einfach unschlagbar, Michael. »Rivi, tut mir leid, ich kann heute nicht kommen«, schreibst du mir. »Gibt es einen anderen Termin, der dir passt?« Ja, gibt es. Und möchtest du wissen, wann? *Never!!!!!!!*

08:41
WhatsApp

Hey, Noah, Michael wird niemals kommen, das war's, aus und vorbei.

Der Schuft hat abgesagt.

09:21
Noahflowers@gmail.com

Noah, du ahnst sicher, ich bin am Boden, bin nicht in der Lage, irgendetwas zu tun. Auch dieses ganze Geschreibe hier kommt mir sinnlos vor, all diese E-Mails eine einzige, kolossale Katastrophe, was belästige ich Leute? Was will ich von den Toten? Ich habe keine Kraft mehr. Ich will mich nicht mehr an all die versäumten Gelegenheiten erinnern, die Fehler, die ich gemacht habe, es ist zu quälend. Ich begreife, die Zeit der geöffneten Fenster in meinem Leben ist vorbei. Man sagt das so dahin, im Hier und Jetzt leben, aber ich habe keine Ahnung, was genau das bedeutet. Und ohnehin, wer geboren ist, stirbt irgendwann. So ist das.

Die Deine,
Rivi

verschickt

10:18
Noahflowers@gmail.com

Ja, ich bin noch immer im Bett, hoffe einfach, zu verschwinden, mich in den Laken aufzulösen. Ich bin nicht mehr relevant, liege hier nur noch unter einer tonnenschweren Last, die mich gnadenlos niederdrückt. Zuspruch ist nicht nötig, ich höre auf mit dem Schreiben. Wer weiß, morgen, wenn der Bagger das Haus einreißt, endet vielleicht auch mein Leben. Stein und Staub, sonst nichts.

Die Deine,
Rivi

verschickt

11:09
WhatsApp

Noah, bitte, es reicht! Hör auf mit dem Geschwätz.

An meinem sechzigsten Geburtstag hast du mir gesagt, Sechzig sei das neue Fünfzig, und ich habe das hingenommen, aber das war's, und jetzt ist's genug. Also schwafel mir jetzt nichts vor. Und glaub mir, die Natur, die ist nun mal grausamer zu Frauen, und ganz sicher zu einer wie mir, mit einer Reputation aus Titten und Taille …

11:40
MichaelS@gmail.com

Splitter – Text Keren Peles/Melodie Avi Ochayon

Man sieht es nicht mit den Augen, springt nur ins Feuer
Worum haben wir denn groß gebeten
Zu bekommen und zu geben, was ist
Mit den Händen jeden Tag festzuhalten, der vergeht
Immer eilt er dahin
Und ich bin einer, der zu spät kommt

Nur in der Nacht
Melden sich Stimmen
Verlorene Fragen
Suchen eine Antwort
Etwas, das noch nicht kommt …

Lieber Michael, zum Schluss widme ich dir diesen schönen Song, den ich erst vor zwei Tagen entdeckt habe. Ich hörte ihn und habe mich gleich verliebt, so, wie es mir mit dir passiert ist.

Rivi

verschickt

11:44

Du dumme Nuss, warum hast du ihm diese Mail geschickt? Warum? Warum? Warum?

»Bereuen kann man nur, was man im Leben nicht gemacht hat, denn aus allem, was man getan hat, hat man etwas gelernt.«

Ein Zitat meiner Mutter.

Ach, Ima, wird langsam Zeit, dass du mir verrätst, was ich aus allem, was ich gemacht habe, gelernt haben soll.

Denn ich habe keine Antwort.

13:33

MichaelS@gmail.com

Michael, ich hatte eigentlich nicht mehr vor, dir zu schreiben, aber in der vergangenen Stunde gab es einen plötzlichen Umschwung in meinem Innern, du weißt, ich bin nicht gut in psychologischen Erklärungen, aber plötzlich hat mich eine große Gelassenheit überkommen, der Zorn, der noch heute Morgen aus mir herausbrach, ist verflogen.

Dieses intensive, wie getriebene Schreiben hat mir nicht wirklich genützt, ich bin meinen Erinnerungen zu nah gekommen, hoffte vergeblich, ich könnte sie in eine neue Wirklichkeit verwandeln. Aber heute Morgen habe ich offenbar endlich etwas begriffen, nachdem du unser Treffen abgesagt hast … ich habe gewütet und dich gehasst, habe mich aufgeregt und geärgert wie schon seit Langem nicht mehr. Ich brach zusammen, doch dann überkam mich eine unerwartete, vollkommene Teilnahmslosigkeit, mir ist jetzt wohl zumute, und ich wünschte, dass all die Symptome der Liebe – Wut, Frustration, Kränkung, Aufregungen – für immer von mir abfielen. Wie viel »für immer« mir wohl noch bleibt?

Und du, Michael, keine Sorge, du bist nicht an allem schuld, heute verstehe ich mehr denn je, dass ich die meiste Zeit meines Lebens von infantilen Hoffnungen erfüllt war, in einer Welt gelebt habe, die ich mir ausgedacht hatte, ein erfundenes Leben gelebt habe, aber das ist vorbei, ich werde nicht mehr vor die Tür deines Hauses stürmen, werde nicht deine Frau anrufen, ich habe keine Energie mehr für Drama. Und auch wenn mir die Liebe versagt geblieben ist, sie hat meinem zweifelhaften Glück zumindest Erinnerungen hinzugefügt, Erinnerungen und Empfindungen, die ich in den letzten Tagen endlich in Worte fassen konnte. Und so wurden Punkte, Satz- und Fragezeichen nach und nach zu einer Geschichte, zu meiner Geschichte.

Also, leb wohl, du Mann der Täuschung.

Von dem Mädchen aus der Mitte des vorigen Jahrhunderts, das dich so sehr geliebt hat.

nicht verschickt

15:00
Ich stehe am Fenster, die Sonne ist mal wieder herausgekommen, eine graue Katze mit verstümmeltem Ohr sitzt behaglich auf der Mülltonne und genießt die Wärme, um sie herum Müllsäcke, Spielsachen, Geschirr und Bücher, die die Ausziehenden zurückgelassen haben.

»Shit«, brülle ich die Welt dort draußen an, ein gebellter Schrei, der mir entfährt.

Die Katze macht einen erschrockenen Satz und verschwindet.

Der Baggerfahrer schaut mich aus seiner Kabine an.

»He, Schätzchen, warum gleich so schreien?«, fragt er und lacht.

Nenn mich nicht Schätzchen, will ich ihn anfahren, Schätzchen und Püppchen und Matratzchen hat man mich alles schon genannt. Aber meine Lippen bewegen sich nicht, und ich denke, ich höre besser auf, aus dem Fenster zu schauen.

Ich gehe in die Küche, leere den Kühlschrank und die Speisekammer, werfe alle Reste in einen großen Topf. Reis und Nudeln, eine Aubergine, Möhren, Geflügelspieße und Linsen, packe auch noch Gewürze dazu, Salz, Pfeffer, Zimt, Gewürznelken, Kreuzkümmel und was nicht alles, Tomatensauce, Soja, Balsamicoessig, Öl und Wasser, rühre alles in dem guten alten Tscholenttopf meiner Mutter um, entzünde die größte Flamme am Herd, und als groteske Gerüche aus dem Eintopf aufsteigen – das Lachen des Baggerfahrers hallt noch in meinem Kopf –, kann ich die Tränen nicht mehr zurückhalten, mir ist klar, meine Wunden werden niemals verheilen, *no matter what*, die Kränkungen werden nicht vergehen, ich werde für immer ein Baby bleiben, Püppchen, Süße, und auch, ja, ja, meine Allerschönste. Ein Scheiterhaufen der Erinnerungen, umgeben von Albträumen.

16:59

Wieder am Fenster. In meinem Kopf toben die Gedanken, ich will fort, aber wohin, irgendwo habe ich gelesen, die glücklichsten Menschen seien die, die nicht zum Mond, sondern nur bis zur nächsten Laterne am Ende der Straße wollen, sie sind glücklicher als alle, die vom Mond träumen.

Doch als ich jetzt die Straßenlaterne betrachte, sehe ich nur wieder den Baggerfahrer und den Bauleiter, der mir aus irgendeinem Grund zulächelt.

»Das wird schön hier«, meint er zu mir. »Alles neu.«

Jetzt redet er wieder mit dem Baggerfahrer, ich höre nicht, was er ihm sagt, bin aber gut darin, es mir auszumalen.

»Fahr, Ben Zur, fahr«, höre ich ihn sagen, so, wie General Motta Gur es seinem Fahrer im Sechs-Tage-Krieg befahl, als die Jerusalemer Altstadt eingenommen wurde, das ist, was ich im Kopf habe, immer unsere glorreiche Geschichte. Ich sehe eine Staubsäule, sehe Panzer- und Infanterieeinheiten vorrücken, doch als der Staub sich legt, sehe ich nur neue Häuser, die in langer Reihe hier stehen werden, Häuser wie Grabsteine, sehe die Messinggedenktafeln und die Namen, lese sie laut und erinnere mich an die, die hier gelebt haben, an jeden Einzelnen.

Großer Gott, du stellst dir die Zukunft vor, sage ich. Lache anfangs, und dann weine ich.

18:08
odeliaor@gmail.com

Hey, Odelia, ich schrieb Ihnen schon, ich habe inzwischen begriffen, ich werde verlieren, aber mich damit abzufinden, hat mich doch Zeit gekostet. Jetzt aber, da wir nur noch einen Tag von dem Abriss entfernt sind, möchte ich noch einmal auf die Sache mit den Gedenktafeln zurückkommen, denn mir ist eingefallen, bei einem unserer Zusammentreffen sagten Sie, Ihr Mann sei Grafikdesigner, und da ist mir die Idee gekommen, er, also: Ihr Mann, könnte doch die Gestaltung der Gedenktafeln an den neu errichteten Häusern übernehmen.

Die Idee erinnert mich an ein großartiges Gedenkprojekt namens »*Stolpersteine*«, das ich in Deutschland gesehen habe. Wenn Sie möchten, erzähle ich Ihnen bei Gelegenheit, was ich in Deutschland gemacht habe, aber nicht jetzt, unsere Zeit hier wird knapp.

Ihre Nachbarin,

Rivi

verschickt

19:32

Und da kommt sie.

21:09
odeliaor@gmail.com

Liebe Odelia, dieser Besuch war vorhersehbar, ich nehme an, Sie haben meinen Schrei gehört, oder vielleicht kamen Sie auch, um über die Gedenktafeln zu sprechen, aber ich habe ganz und gar die Fassung verloren, habe Ihnen eine völlig überdrehte »So-war-mein-Leben«-Show geboten. Zweifache Witwe, die Geliebte eines bekannten Journalisten, mit vierzehn ein Verlobungsring, fast die Frau eines Arztes, Fotos von mir auf Titelblättern irgendwelcher Magazine (na ja, ehrlich gesagt, war es nur eines, Brüste raus und Hintern auch), und alles nur wegen der Armee und der Deutschen … Das war ein Anfall, ich entschuldige mich … plötzlich hat es all die Kränkungen und Erniedrigungen auf meine Zunge gespült. Ich habe keine Ahnung, ob Sie das verstehen, aber ich und alle aus meiner Generation, wir sind durch eine stumme Welt geirrt, niemand hat mit uns und zu uns gesprochen. Als junges Mädchen wusste ich nur, ich muss heiraten, am besten einen Offizier aus einer Kampfeinheit, so war das damals. Danach habe ich mich in meinen Boss verliebt, Salz des Landes, sagte man von ihm, diesem famos aussehenden Sabre, aber er streute nur Salz in meine Wunden. Ich war ein gutes Mädchen, konnte die ganze Litanei unserer staatlich verordneten Moral herunterbeten, Heirat, Kinder, eine starke Armee, ein Staat für die Juden, verstehen Sie, alle waren wie alle, aber ich war offenbar gleichzeitig auch anders.

Vielleicht lag das an meiner Mutter, die meine Reiseführerin zu den Träumen war, vielleicht habe ich von ihr gelernt, was Liebe ist, was Loyalität, was Erwartung, und welche Kraft der Illusion innewohnt. Oder vielleicht ist mein Vater schuld, der mich erst dazu brachte, mich zu schämen, und später dann, mich selbst zu quälen, oder vielleicht meine Schwester, ein Geist, über der Erde und zugleich in mir.

Odelia, verzeihen Sie mir, aber als Sie in der Tür standen, spürte ich, zwischen uns besteht eine mysteriöse Nähe, Sie sind meine Folgegeneration, und es ist mir ein solches Bedürfnis, die ganze Geschichte an Sie weiterzugeben, solange ich noch da bin.

Und ich war glücklich, dass jemand mich anhört, dass ich Ihnen Dinge gesagt habe, die ich noch nie auszusprechen gewagt hatte.

Und dann kam der Augenblick, als Sie mich unterbrachen und sagten: »Rivi, irgendwas brennt.«

»Ein Krematorium«, entfuhr es mir, und ich musste lachen, was habe ich gelacht.

Es-brennt-Brüder-es-brennt, fing ich an zu singen, und Sie fragten mich, ob alles in Ordnung sei. »Wie soll etwas in Ordnung sein?«, gab ich zurück, »hier, in diesem Haus war immer Schoah, die ganze Zeit über war Schoah, so war das damals.« Vielleicht sei deshalb mein Leben schon vertan gewesen, noch ehe ich überhaupt zur Welt gekommen war.

Dann verstummte ich, und Sie suchten nur nach einem Ort, an dem Sie Ihre Augen lassen konnten, schafften es nicht, mich anzuschauen.

Liebe Odelia, genug. Und ganz ausgeschlossen, dass ich Ihnen diese E-Mail schicke. Manchmal geht es nur darum, etwas festzuhalten.

nicht verschickt

22:20
odeliaor@gmail.com

Odelia, seit einer Stunde stehe ich am Fenster und denke, jeder Einzelne von uns hat diese Momente, die einen Menschen verändern, und ich denke, die Dinge, die ich Ihnen heute gesagt habe, waren so ein prägender Moment für mich, ich glaube, ich fühle mich gestärkt, weil die Geschichte meines Lebens im darüber Reden und Schreiben vor meinen Augen Form annimmt und ich jetzt verstanden habe, ich *muss* nicht schweigen. Vielleicht klingt das sonderbar für Sie, Sie sind ja in einer Welt aufgewachsen, in der es sehr viel mehr Worte gibt, ich dagegen habe mein ganzes Leben geschwiegen, habe bloß Kommata, Punkte oder Ausrufezeichen verschoben, und die Texte, die unter meinen Händen entstanden, waren fast immer die Texte von anderen, hauptsächlich von Männern. Und jetzt auf einmal ist es mir vergönnt, fast bin ich versucht zu sagen, dank Ihres Projekts, in Worten zu leben. Meine Erinnerungen sind unstet, meine Seele wünscht zuweilen Rache, doch nicht, weil ich rachsüchtig wäre, ich möchte nur, dass, wer es verdient hat, daran erstickt, ein bisschen wenigstens. Ich verspüre dann ein starkes Bedürfnis, Groll, Zorn und Wut auf jeden zu gießen, der es verdient. Und dann wieder fühle ich mich schuldig, spüre, dass ich es übertrieben habe, dass ich verloren bin.

Ich wurde geboren, um fortzusetzen, was abgetrennt worden war, wurde geboren, um zu heiraten, Kinder zur Welt zu bringen, das Land Israel aufzubauen, das Volk Israel zu erneuern, ich sollte gehorsam und züchtig sein, eine Lehrerin, das war das Allerwichtigste, eine Lehrerin für die Geschichte des jüdischen Volkes. Aber wie sollte ich züchtig sein, mit diesen straffen, vollen Brüsten, die ich hatte? Haben diese Brüste mir das Leben vermasselt? Oder doch die Schoah? Geschmacklos, pathetisch und lächerlich, ich weiß.

Ihre Rivi

verschickt

23:06

Die Küchenutensilien meiner Mutter gehen mir nicht aus dem Kopf, der Suppentopf, die Pfanne, in der sie Pfannkuchen, Omeletts und Schnitzel briet, die Porzellanteller mit dem Goldrand, die Gläser aus Jenaer Glas, der pfeifende Wasserkessel, der mythologische Kuchentopf mit dem Loch in der Mitte, der auf die Herdflamme gestellt wird, alles lagert wohlverwahrt in den Küchenschränken.

In der letzten Stunde habe ich einen Schrank nach dem anderen geöffnet und mich von allen verabschiedet, wie man von nahen Menschen in einem Hospiz Abschied nimmt, habe ihnen versprochen, sie würden bleiben, wo sie hingehören, und plötzlich dachte ich, all diese Gegenstände würden, was sehr wenigen Menschen vergönnt ist, dort begraben werden, wo sie gelebt hatten.

Zuletzt habe ich mir einen Tee gemacht, in einem der Jenaer Gläser mit passendem Untersetzer, habe behutsam einen Zuckerwürfel hineingleiten lassen und beim Umrühren auf das Klimpern des Löffels an den Glaswänden gelauscht, und beim ersten Schluck Tee habe ich in Hals und Magen etwas Beglückendes verspürt, habe einen letzten Blick in die Küchenschränke geworfen und ihnen Lebewohl gesagt.

23:36
An die Akademie für Hebräische Sprache
Hebräische Universität
Givat Ram Campus
Postfach 90004
919040 Jerusalem
Betreff: Neueinträge im Lexikon

Werte Akademiemitglieder,

ich hoffe, diese E-Mail gerät in die richtigen Hände. Mich beschäftigt der Gedanke, dass jüngst das Wörterbuch der Hebräischen Sprache um Begriffe wie »Sexuelle Belästigung«, »Missbrauch«, »Sexueller Übergriff«, »Sexuelle Nötigung«, »Objektifizierung« und »Machtmissbrauch« erweitert wurde.

Soweit ich es verstehe, haben Sie da noch viel Arbeit vor sich. Zum Beispiel suchen Worte wie »sharing« und »Empathie« noch immer nach einer Entsprechung im Hebräischen. Sie sind fraglos auf dem richtigen Weg, und doch bedaure ich es, dass Sie mich nicht beratend hinzugezogen haben, ich habe nämlich all diese neuen Begriffe am eigenen Leib erfahren. In meiner Jugend tauchte nur das Wort »Vergewaltigung« im Wörterbuch der Hebräischen Sprache auf, und vergewaltigt wurde ich nicht, ich habe nie Nein gesagt, weshalb ich bis vor Kurzem keine Worte hatte, um auszudrücken, was mir widerfahren ist. Und Sie müssen wissen, diese Einsicht wühlt mich auf, lässt mich erkennen, dass mein Leben bis zuletzt auch mir selbst nicht verständlich gewesen ist, und dass ich mich nur dank der Begriffe, die Sie unlängst in den hebräischen Wortschatz aufgenommen haben, nun selbst ein bisschen besser zu erkennen vermag. Ich hoffe nur, eines Tages werde ich das, was mir widerfahren ist, auf gewisse Weise annehmen können, wobei es mich nicht kümmert, falls Sie jetzt denken, ich hätte den Verstand verloren. Viele haben das gedacht, und auch ich war mir gelegentlich sicher, verrückt zu sein, das ist nichts Neues für mich.

Hochachtungsvoll,
Rivi Greenfeld
Korrektorin

00:01

»Allmählich erfuhr ich etwas über mich selbst.« Frei zitiert nach Peter Handke.

00:57

Es weht kein Wind und es regnet nicht, draußen herrscht Stille, und ich bin dabei, endlich das wenige zu packen, das ich trotz allem mitzunehmen gedenke, drei Gläser, vier Teller, sechs Einmachgläser, eine Flüssigseife, die Haarbürste, die alten Fotoalben, die Schmuckschatulle meiner Mutter und dazu ein paar Kleidungsstücke, die ich immer geliebt habe.

Das Haus keucht vor Schmerz, ich höre das Weinen der Gegenstände, das Brechen der Steine, sehe die Risse in den Wänden, spüre, dass das Haus sich bewegt wie bei einem Erdbeben, und denke nur an meine Eltern. Habe mich schon damit abgefunden, dass Eltern sich in jedem Alter in jeden Winkel der Lebensgeschichte ihrer Kinder drängen, tot oder lebendig. Eltern verlassen ihre Kinder nicht. Und sie verblassen auch nicht mit den Jahren. Im Gegenteil.

Die Stille draußen wird noch tiefer, der Mond scheint zu mir herein, wie in einem Roman aus alter Zeit, und mit seinem Schein verleiht er der Tragödie, die sich hier abspielt, eine zarte Note. Und dann ist mir danach. Nach einem Monolog.

01:20

Liebe Ima, lieber Aba,

vorhin habe ich in den Fotoalben geblättert, habe mir die Bilder angeschaut und gesehen, wir lächeln alle darauf. Ich habe das Aquarium gesehen, das ihr mir gekauft habt, und den Käfig mit dem Papagei, habe mich auf meinem Fahrrad gesehen und die Kerzen auf meinem Geburtstagskuchen auspustend, habe das Glück gesehen, das nur so aus euch hervorsprudelte, und ich habe mich gefragt, wie konnte ich all diese kleinen Details vergessen? Ich habe auch das Foto betrachtet, auf dem ich das Balletttrikot trage, das ihr mir gekauft habt, an dem Tag, als ich nicht zu den Löwen durfte, auf dem Kopf hatte ich ein Krönchen mit Pailletten, und auf die Rückseite des Fotos hat Aba »Unsere Königin« geschrieben.

Die Bilder in diesem Album sagen, es muss Tage gegeben haben, an denen wir glücklich waren, und ich dachte, vielleicht ist das die wahre Geschichte.

Dann ist mir eingefallen, Ima, du sagtest mir mal, was geschieht, geschieht, und dass unsere Gedanken keinerlei Einfluss auf das Leben haben, nie gehabt haben und nie haben werden.

Habe ich mich also vielleicht in meinem Verständnis der Wirklichkeit getäuscht?

Vielleicht bin ich ja das Problem?

Vielleicht war ja eigentlich alles gut, und nur ich wollte eine andere Geschichte?

Mein Kopf ist voller Fragen. Ich habe Angst, vielleicht gar nichts verstanden zu haben, vielleicht seid ihr ja ein Paar von Grenzsprengern gewesen, das Paar, das in getrennten Zimmern schläft?

Auch Queen Elizabeth und ihr Mann Prince Philip haben getrennt geschlafen.

Vielleicht wolltet ihr bloß hoch hinaus?

Vielleicht habt ihr eine »offene Beziehung« geführt?

Vielleicht hattet ihr noch andere Liebschaften?

Vielleicht hatte Aba eine stürmische Affäre mit einer Kundin, die Wassermelonen liebte, oder er hat mit einer die Liebe zu Erdbeeren geteilt? Und Ima, vielleicht ist der, auf den du immer gewartet hast, ja nachts gekommen, und ihr beide habt euch in den Garten Eden gestohlen?

Warum nicht?

Warum nur eng und klein denken?

Also, Ima, Aba, bitte kommt nach Hause, wir trinken Tee mit drei Stückchen Zucker, und ich serviere euch gefüllte

Rugelach auf einem Tellerchen, wie früher, und wir werden sagen, ja, das war eine andere Zeit damals.

Und am Ende der Nacht kehrt ihr zu eurer Ruhestätte zurück, und ich bleibe nur noch ein wenig länger, werde unsere Geschichte ein bisschen aufpolieren, schließlich bin ich gut im Korrigieren, die Beste von allen, sagt Michael.

»Geh schlafen«, höre ich meine Mutter sagen, die mich niemals aufgefordert hat, schlafen zu gehen, sie unterbricht meinen Monolog und sagt, es reicht, genug, er wird nicht kommen, sagt sie.

Ich verstumme.

Da schaut sie mich an und fragt: »Wer bist du?«

»Ich bin Rivi«, sage ich, und sie lacht und sagt, »Was für ein Unsinn, du bist Rejsele, bist immer Rejsele gewesen«. Dann taucht auch mein Vater auf, und ich verstehe, er ist gekommen, um alle, die mir übelwollen, zu vertreiben, er erkennt sie schon von Weitem, er ist gekommen, die Schweine zu verjagen, und ich kehre zum Anfang der Geschichte zurück, will lesen, was ich dort geschrieben habe, und das ist nicht einfach … Habe ich das geschrieben? Nein, das war eine andere. Und erst jetzt vermag ich, den Text professionell zu lesen, wie es sich gehört: Punkt, Komma, Bindestrich, Ausrufezeichen, Anführungsstriche, Fragezeichen.

Ich mache in allen Zimmern das Licht an, möchte, dass mein Zuhause in seiner letzten Nacht hell erleuchtet ist, und dann bin ich bereit, schlafen zu gehen.

»Es ist nicht gut geworden, das Leben, aber auch nicht nur schrecklich«, meine Mutter spricht zu mir, ihre Stimme ist schwach und ersterbend, wie damals, in der letzten Nacht ihres Lebens.

Es ist drei nach zwei, als ich schließlich ins Bett gehe, ich lege den Kopf aufs Kissen und schließe die Augen. Die Stille fällt auf mich, und nein, keine Tränen, keine Filme, keine Schwermut.

Ich decke mich bis über den Kopf zu und schlafe ohne Weiteres ein, ohne Albträume und auch ohne andere Träume.

Der Tag der Vollstreckung

09:40

Ich schaue auf die Zeitangabe des Handys und denke, sonderbar, ja befremdlich, dass ich so lang geschlafen habe, und dann trifft mich der Gedanke wie ein Schlag, das Haus wird heute abgerissen. Ich läute die Abschiedszeremonie ein, bestehend aus Duschen, dem schwarzen Kleid, ein bisschen Make-up, einem Kaffee und der letzten in der Küche noch verbliebenen Scheibe Brot, die ich mit dem Rest Marmelade bestreiche.

Ich nehme den Computer vom Strom, und kurz setzt mein Herz aus. Meine Erinnerungen sind jetzt zu einer Datei auf dem Computer geworden, und vor dem letzten Speichern war mir kurz der Gedanke gekommen, alles zu löschen, aber in letzter Sekunde beschloss ich, nein, ich muss mich nicht entschuldigen für etwas, das ich getan, gesagt, geschrieben habe.

Ich dachte daran, dass alle, die mich je verletzt haben, sich niemals für irgendetwas entschuldigt haben. Arik hat sich nicht dafür entschuldigt, Menschen getötet zu haben, oder dafür, dass er mich und andere Soldatinnen missbraucht hat, Michael hat sich nicht dafür entschuldigt, dass er mich – und nicht nur mich – zum Narren gehalten hat, und der flirtende Journalist, der mit mir anbändelte, hat sich nicht dafür entschuldigt, sich nur an mich rangemacht zu haben, um an seine Schlagzeile zu kommen.

Niemand hat mich je um Verzeihung gebeten, und mit einem Mal fühle ich so etwas wie Genugtuung, all das aufgeschrieben zu haben.

Ich bin zufrieden, sagte ich mir zum ersten Mal in meinem Leben, drückte auf Sichern und umarmte meinen Computer.

Danach unternahm ich einen Rundgang durch alle Räume und spürte, meine Bewegungen waren genauso langsam und schwerfällig wie meine Gedanken. Wollte ich die Zeit anhalten? Oder war es ein Spasmus, der in einem Alter wie dem meinen die Muskeln befällt? (Magnesium ist wichtig, hat Ido schon vor Jahren gesagt.)

Ich äugte in Schränke und Schubladen, um zu sehen, ob ich etwas vergessen hatte, schaute in die Zimmerecken und unter die Möbel, die noch da waren, warf einen Blick auf die Kartons, um sicherzustellen, dass alle ordentlich verschlossen waren, bis das Geräusch schwerer Schritte, die von draußen zu hören waren, mich erschrocken innehalten ließ. Ich trat ans Fenster und sah die Soldateska des Räumungsunternehmens, zu dritt waren sie, und offenbar unterwegs zu mir.

Ich überließ das Fenster sich selbst und drehte alle Wasserhähne in der Wohnung auf, wild entschlossen, ja, wozu eigentlich?

Diese Schurken kamen, um mein Zuhause zu töten, und so überließ ich ihnen die Zerstörung und Verwüstung.

Und dann ein Klopfen an der Tür.

»Elijahu?«, entfährt es mir, was dachte ich mir dabei? Dass im allerletzten Moment der Messias kommt?

Ich habe einen Messias verdient.

Ich reiße die Tür auf, begrüße sie mit einem kämpferischen »Am Israel Chaj – das Volk Israel lebt«, stehe aufrecht in der Tür, bereit, meinen Laptop ans Herz gedrückt.

»Gute Frau, das war's«, stottert der vor der Tür, dreißig ist er vielleicht, in Jeans und roter Steppjacke von UNIQLO, die Hände in Handschuhen und auf dem Kopf eine Strickmütze.

»Brauchen Sie Hilfe?«, fragt der Zweite, ein junger Kerl in einem Overall, und ich sage, brauche ich nicht. Er ist über Kopfhörer mit seinem Handy verbunden, sein Kopf bewegt sich zur Musik, so vermute ich, und von Zeit zu Zeit wirft er den anderen beiden ein Wort zu, von denen der Dritte, ein Mann in den sogenannten besten Jahren, übergewichtig und schlaff, eine Sackkarre dabeihat, die die Fracht meines Lebens von hier wegbringen soll, doch noch stehe ich ihnen im Weg, blockiere die Schwelle meiner Wohnung.

Der mit der Sackkarre fragt, wo denn das Umzugsgut sei, und ich deute auf die drei Kartons.

»Nur das?«, fragt er.

»Nur das«, erwidere ich.

Gleich wird er fragen, wo denn mein Mann und die Kinder seien, und ich werde ihm sagen, die haben sich durch die Schornsteine des Lebens verflüchtigt.

»Also sind Sie allein?« Mit gerecktem Hals sucht er nach meinen Angehörigen.

»Allein«, antworte ich.

»Das ist schwer, so allein«, er lächelt mir zu, und ich erkenne schon den mitleidigen Blick.

»Nur die Toten haben es nicht schwer«, belehre ich ihn.

Er verstummt.

Lädt auf.

Ich halte den Laptop weiter fest an die Brust gedrückt, und auf meinen Lippen zittern, kitzeln die Worte des Lieds von Hannah Szenes »Mein Gott, mein Gott, lass niemals enden, den Sand und das Meer, das Rauschen des Wassers, das Glänzen des Himmels, des Menschen Gebet«.

In meinem Kopf lege ich mir einen Plan für den weiteren Verlauf des Tages zurecht, weiß, von hier werde ich zu meinen Eltern gehen, und gemeinsam lesen wir dann den ersten Entwurf, korrigieren, überarbeiten, und schon bald werden sie mich kennen, wie ich wirklich bin.

Mein Handy klingelt.

Es ist Noah.

Ich gehe nicht dran.

Er schickt eine WhatsApp.

»Die Blumen sind unterwegs zu dir.«

»Sehr schön«, schreibe ich zurück.

»Und wohin willst du gehen?«, fragt er.

»Die Ewigkeit ist nur Asche und Staub«, antworte ich.

»Vielleicht kommst du zu mir?«, schlägt er vor.

»Vielleicht.«

»Ich erwarte dich«, schreibt er.

Ich versuche, über die App ein Taxi zu bestellen, schaffe es aber nicht, meine Hände zittern.

»Kann ich helfen?«, fragt mich der junge Kerl im Overall.

»Nein«, fahre ich ihn an.

Und während ich noch auf die App konzentriert bin, erscheint Odelia.

»Darf ich vorstellen, das ist Alex«, sagt sie.

Alex sieht aus wie ein Trompeter im Orchester der Roten Armee.

»Hübsch, Ihr Alex«, sage ich. Odelia versucht, mir zuzulächeln, aber etwas kommt ihr dazwischen und sie verbirgt ihr Gesicht hinter den Händen.

»Weinen Sie etwa?«, frage ich.

Sie nickt.

»Da sind Sie ja am richtigen Ort, wie passend, auf der Schwelle meiner Wohnung zu stehen und zu weinen«, sage ich.

Am Ende weint jemand an meiner Stelle.

Alex bietet an, mir ein Taxi zu bestellen.

»Wohin?«, fragt er.

»Und wohin fahrt ihr?«, frage ich statt einer Antwort.

»In ihren Kibbuz«, erwidert er mit hörbar russischem Akzent. »Ich möchte einfach lieber in einer bekannten Umgebung gebären.« Und Odelia schluchzt.

»Sonja«, sage ich. »Wenn es ein Mädchen wird, nennt sie Sonja.«

Mein Vorschlag lässt Odelia zu sich kommen, sie reißt die verweinten Augen auf, und mir ist klar, der Name Sonja gefällt ihr nicht, aber Alex reagiert mit einem Lächeln. »Sonja aus *Onkel Wanja*, was für ein schöner Name«, sagt er.

Odelia fasst sich wieder, sie wischt die Tränen fort und sagt, »Wir sprachen gestern darüber, wir sind ja nur eine kleine Familie, und unser Baby wird keine Großeltern haben. Und da dachten wir, wenn wir alle wieder da sind, vielleicht könnten Sie dann ein bisschen die Großmutter unseres Babys sein?« Ihre Augen schimmern, und sie lächelt mir zu, und ich weiß nicht, wie man auf einen solchen Vorschlag reagiert.

Das Taxi kommt, alle lassen sich einspannen und helfen mir, und mit einem Mal bin ich ganz ruhig dabei, das Haus zu verlassen und Odelia, Alex und der dreiköpfigen Soldateska zum Abschied zu winken.

Der Taxifahrer trägt Schnauzbart und Kippa, und an seinem Innenspiegel hängt das Buch der Psalmen in Miniaturformat. Er fragt: »Wohin soll's denn gehen, werte Dame?«

»Zum Friedhof«, antworte ich.

»Zum Armeefriedhof oder zum normalen?«

»Mir passt alles«, sage ich.

»Nu?«, er wird ungehalten.

»Zum normalen«, sage ich.

»Gut, aber da werden Sie ja sicher nicht wohnen«, entscheidet er an meiner Stelle. »Soll ich auf Sie warten?«

»Ja«, erwidere ich.

Das Taxi nimmt Fahrt auf, das Haus verschwindet hinter mir.

Ich werfe keinen Blick zurück, würde ohnehin nichts sehen, bin in Tränen aufgelöst.

»Und danach wohin?«, fragt er.

Ich nenne ihm meine neue Adresse.

»Und das ist endgültig?«, fragt er, als würde er mir nicht trauen.

Ich lächele, und mir scheint, er tut es auch.

»Haben Sie denn ein Danach?« Er schickt mir einen fragenden Blick im Rückspiegel.

»Danach ist Gott groß«, gebe ich zurück.

»Gepriesen sei sein Name«, ergänzt er.

Ich putze mir die Nase und wische die Tränen fort.

Acht Monate später

Wen immer es betrifft.

Heute feiere ich siebzig Lebensjahre, auf dieser Welt, die nicht wirklich passend für mich ist. Und vom Moment des Erwachens denke ich daran, dass jetzt acht Monate vergangen sind seit dem Tag, an dem mein Haus zerstört wurde. Das Haus, in dem ich jetzt wohne, ist nicht der Hit, aber annehmbar, erster Stock von dreien, ein Gebäude auf Pilotis, anderthalb Zimmer Stille, mit Balkon, einem kleinen Fenster und einem großen.

Aus dem großen Fenster ist eine Bank zu sehen, zu der es vor allem ausländische Pflegerinnen zieht, mit Greisen oder Greisinnen, die eingesunken in ihren Rollstühlen hängen, mit Körpern hilflos wie Säuglinge. Ich bin nicht imstande, sie mir anzusehen, denn das erwartet auch mich, Gott behüte.

Die Bank jedenfalls dient ihnen zum Ausruhen und Plaudern, und jeden Tag sind sie dort, von fünf Uhr nachmittags, bis es Abend wird.

Viel mehr ist nicht zu sagen, alles in allem ist das Leben hier für mich recht ausgedünnt, wie ich gehört habe, wird auch dieses Viertel bald geräumt und erneuert werden, viele haben die Straße bereits verlassen, aber die Bewohner des Hauses, in dem ich jetzt lebe, weigern sich, bei dem Stadterneuerungsprojekt mitzumachen. Die meisten von ihnen sind auch schon recht betagt. Am Freitag und an den Feiertagen sehe ich ihre Söhne und Töchter, die kommen, um die Eltern abzuholen, oder wer oder was von den Eltern noch übrig ist, und so erklärt sich, dass am Schabbatabend und an den Feiertagen nur bei mir Licht brennt, was nicht einfach ist für mich, ich gestehe, mir ist ein bisschen öde in diesem Haus allein, zumal es hier keine Geister, keine Stimmen und keine Gerüche gibt, und auch das Fenster ist nicht das, was mein früheres Fenster für mich gewesen ist: die Öffnung in eine verschwundene Welt der Erinnerung.

Meine Erinnerungen heute bestehen vor allem aus einer Computerdatei, immer wieder habe ich in den letzten Monaten über dem Text gesessen, habe ihn gelesen, korrigiert, infrage gestellt.

Vor einigen Tagen haben die Buchstaben plötzlich begonnen zu schweben, die Wörter auf dem Bildschirm verschwammen, und ich begriff, es hilft nichts, weshalb ich mir zum Geburtstag selbst ein Geschenk gemacht und endlich einen Termin für die Kataraktoperation vereinbart habe.

Und jetzt zu etwas anderem.

Vor drei Wochen hat Michael mir eine Nachricht auf WhatsApp geschickt.

»Bauchspeicheldrüse«, schrieb er, entschuldigte sich, dass er nicht auf meine Nachrichten reagiert hatte.

Ich fragte gleich, ob er möchte, dass ich ihn besuchen komme.

»Das würde mich freuen, aber erst, wenn ich mich ein wenig erholt habe.«

»Und der Ring?«, wollte ich wissen, hatte das Gefühl, da noch reinen Tisch machen zu müssen.

»Behalte ihn«, antwortete er.

Ich war beschämt. Ich hatte noch in der letzten Minute, unmittelbar, bevor ich das Haus verließ, entschieden, ihm den Ring nicht zu schicken; ich nahm ihn mit, aber jetzt habe ich keine Ahnung, wo er ist, habe noch immer nicht den gesamten Inhalt meiner Kartons ausgepackt, und plötzlich kam mir der Gedanke, ich könnte mir doch am Ende meiner Tage noch einen Verlobungsring anstecken, den jemand gekauft hatte, der jetzt tot war, und so würde ich zum dritten Mal Witwe werden, und ich brach in hysterisches Gelächter aus, irgendwie kitzelt mich bei Michael immer der Wahnsinn.

Heute Morgen hat er mir nun Glückwünsche geschickt.

Ich war so aufgeregt, dass ich noch nicht geantwortet habe, so ist das mit Michael, noch immer sorgt er bei mir für ein Drunter und Drüber, und ich habe schon keine Kraft mehr, das zu ertragen. Mein Herz rast, und das ist nicht gut.

Als es sich wieder beruhigt hat, muss ich an Noah denken, und mir fällt auf, er hat sich noch nicht gemeldet.

Ich weiß, er ist eine Zeit lang in so einer Praxis für kriegstraumatisierte Soldaten ein und aus gegangen, Corona und der letzte Gaza-Krieg hatten ihm einen Zusammenbruch beschert, weshalb er sich in stationäre Behandlung begeben musste.

Zu Beginn seines Klinikaufenthalts schickte er mir noch wirre Nachrichten, schrieb mir, er schlafe in einem Zimmer mit noch zwei ehemaligen Soldaten, bat, ich möge den Tag meines Todes noch ein bisschen aufschieben, da er in seinem Zustand meinen Letzten Willen nicht erfüllen könne, und erzählte mir, er habe aus dem Fenster seines Krankenzimmers seine Untergebenen auf dem Rasen marschieren sehen, und da sei niemand, der sie zurück auf den Friedhof brächte. Auch sein Sohn habe ihn besucht, schrieb er mir, dabei wusste ich nicht einmal, dass er einen Sohn hat, und dass er seine Bemühungen fortsetzen werde, einen Bräutigam für mich zu finden.

Wie auch immer, in den letzten Monaten habe ich mich infolge seiner Mail-Funkstille gehütet, ihm zu schreiben und ihn zu behelligen, ich hoffte einfach, die trübe Welle werde vorübergehen und Noah wieder der Alte. Bei mir denke ich, Noah ist wie ein Loch in meinem Herzen, ich kann mir nicht verzeihen, dass ich bis zuletzt nicht wirklich realisiert habe, wie sehr er leidet, ja, es reut mich, dass er mir immer einfach wie jemand vorgekommen ist, der ständig high war, ich muss mir eingestehen, dass ich zu sehr mit meinem eigenen Leben befasst war und geglaubt habe, im Vergleich zu mir sei er doch mit seinem ganz zufrieden.

»Unglück ist eine bewusste Entscheidung«, hatte er mir einst geschrieben, und das schrieb ich ihm in meiner letzten WhatsApp quasi zurück, womit ich ihn eigentlich aufmuntern wollte, aber seither habe ich nichts mehr von ihm gehört.

Ich mache mir eine Tasse Tee und denke an Odelia und ihren kleinen Sohn Schachaf. Es ist fast eine Ironie des Schicksals, aber Odelia ist eine echte Entdeckung für mich, ausgerechnet sie wurde, wie sich gezeigt hat, eine der schönsten Überraschungen in meinem Leben.

Gestern hat sie mir einen Kuchen geschickt, hat geschrieben, sie habe eigentlich vorgehabt, ihn selbst zu bringen und mit mir zu feiern, aber sie sei nicht recht auf der

Höhe. Meinen nächsten Geburtstag, schreibt sie, würden wir alle zusammen im neuen Haus feiern.

Ich habe ihr zurückgeschrieben, mit Versprechungen sei ich ein für alle Mal fertig. Darauf kamen ein Smiley und ein Regenbogen von ihr.

Vor einigen Tagen hat mir Alex, ihr Mann, Skizzen für die Gedenktafeln geschickt, die an der Tür des neuen Hauses und an der Mauer des Gemüseladens angebracht werden sollen.

Ich bat ihn, auch noch Gedenktafeln für das Haus von Fruma und Bluma zu entwerfen, und dachte, dank mir wird es am Ende im Viertel ein bisschen wie in Yad Vashem aussehen.

Es ist Mittagszeit.

Ich habe Lust, meinen Geburtstag mit einer Pizza Margherita zu feiern.

»Haben *Sie* die bestellt?«, fragt mich ein pickeliger Bote mit einem Sicher-hab-ich-mich-in-der-Adresse-geirrt-Blick, und ich sage, »ja, warum, habt ihr auch Magensonden im Angebot?«

Mit seiner Frage und seinem Blick hat er mir die Stimmung des Morgens und zugleich den Appetit verdorben, und als er weg ist, werfe ich die Pizza in den Mülleimer. Dieses Bürschchen. Wieder einer von denen, die nur Schönheit oder Hässlichkeit sehen, nur Jugend oder Alter, die nicht begreifen, dass wir letztlich alle Kinder sind, dass in einem verbrauchten Körper und einer müden Seele ein Junge oder ein Mädchen stecken, die neugierig und voller Leben sind. Jeden Tag aufs Neue entdecke ich, die Tage meiner Kindheit haben kein Verfallsdatum, meine Kindheit altert nicht, und auch mit siebzig stehe ich noch mit dem Wieso und Warum und alldem Was-wäre-gewesen-wenn da. Gerade heute vermisse ich mehr als alles andere die Tage mit Ima, Aba, die Tage, als ich ein Zuhause hatte.

Seit fast zwei Stunden sitze ich jetzt in der Küche und stelle eine fiktionale Lebensberechnung an, so ein Nehmen-wir-mal-an. Denke, wenn ich dem Wunsch meines Vaters entsprochen und Geschichte studiert hätte, hätte ich Gruppen durch Yad Vashem führen können, und wenn ich nicht auf ihn gehört hätte, wäre ich vielleicht Sängerin geworden, und ich frage mich, was wohl aus mir geworden wäre, wenn Arieh Gotthelf, der Bräutigam, auf den sie beide sich verständigt hatten, mein Mann geworden wäre. Arieh Gotthelf ist, wie ich aus Wikipedia erfahre, heute ein renommierter Wissenschaftler am Weizman-Institut, verheiratet mit einer Ärztin und Vater von drei Söhnen. Diese Information begräbt mein Herz für einige Stunden.

Jetzt, nach einer Xanax und ein paar Stunden Schlaf, wird mir plötzlich klar, seit ich hierhergezogen bin, schweigen meine Eltern in mir. Ob die Toten vielleicht doch altern und die Stille in meinem Leben immer ohrenbetäubender wird? Schon seit acht Monaten sind in diesem Haus keine Stimmen mehr zu hören, außer denen aus meinem Radio und meinem Fernseher.

Es ist fast Abend und noch immer kein Lebenszeichen von Noah, und während ich noch an ihn denke, trifft wie durch Magie ein Bote mit einem Blumenstrauß ein.

Ich öffne die Tür und weiß, er ist von Noah, von wem sonst sollte er sein? Mit klopfendem Herzen schaue ich auf das Farbenmeer der Blumen und öffne mit fliegenden Fingern den Umschlag mit dem beigefügten Gruß.

»Liebe Rivi«, schreibt er, »nach der intensiven und bemerkenswerten Therapie, die ich in den letzten Monaten durchlaufen habe, wollte ich dir erzählen, dass mein Psychologe, dem du ja kein Wort glaubst, mir vor Augen geführt hat, dass du einer der wichtigsten Menschen in meinem Leben bist, und dass ich im Grunde, genau wie du, jedes Jahr auf unser Wiedersehen am Gedenktag gewartet habe. Im Verlauf der Therapie ist mehrfach die Möglichkeit zur Sprache gekommen, du seist unwissentlich diejenige gewesen, die mich daran gehindert hat, mir das Leben zu nehmen. Du bist mir ein Lichtstrahl gewesen, oder aber, ich hatte Angst, dich allein auf dieser Welt zurückzulassen, und bin deshalb am Leben geblieben, beides wäre möglich.

Auf jeden Fall hat mein Therapeut mir vorgeschlagen, den Blumenladen am Friedhof zu schließen und mit meinen Trauerzeremonien aufzuhören. Mithilfe des »Rehabilitationsfonds für die Geschädigten der Kriege Israels« habe ich vor ein paar Tagen einen neuen Blumenladen am Rabin-Platz eröffnet, in allerbester Lage also, und von dort schicke ich dir heute zu deinem Geburtstag diesen Strauß mit innigen Wünschen. Ich bin sicher, eines Tages werden du und ich hier zwischen all den Blumen sitzen und Sträuße und Kränze für Geburtstage und Hochzeiten binden.

In Sehnsucht der Deine,
Noah

PS: Den Laden habe ich *Rivis Blumen* genannt.«

Mir entfuhr ein Schrei, als ich das las. Wie kommt all dieses Gute über mich? Ich zittere und weine.

Und so, in Tränen aufgelöst und mit dem Blumenstrauß im Arm, trete ich ans Fenster und rede laut und vernehmlich, es kümmert mich nicht, ob jemand vorbeikommt und denkt, oh, die arme Alte, sie hat den Verstand verloren, ich bleibe, wo ich bin, und rede mit meiner Mutter und meinem Vater, erzähle ihnen, dass ich einen Schokoladenkuchen von Odelia und einen wunderschönen Blumenstrauß von Noah bekommen habe, und die Entwürfe der Gedenktafeln, die Alex gestaltet hat, und dass ich bald damit fertig bin, meine Lebensgeschichte zu überarbeiten, die ich, wenn ich den Mut aufbringe, vielleicht sogar an einen Verlag schicken werde. Und ich erzähle ihnen auch, dass ich zwar ihre Stimmen nicht mehr höre, dass aber in den letzten Wochen, kurz bevor ich einschlafe, Rejsele erscheint, ihr Geist also noch immer umherwandert und in meiner Seele Ruhe finden möchte. An meine Wohnungstür habe ich ein Schild gehängt, auf dem steht: »Hier wohnen Rivka und Rejsele Greenfeld.« Soll niemand denken, ich sei einsam und allein.

Als es Nacht ist und mein Geburtstag vorbei, sitze ich wieder am PC und schreibe ihnen, dass sie mir das allerschönste Geburtstagsgeschenk gemacht haben, und dass ich hoffe, wir treffen uns schon bald wieder. »In Liebe für Ima und Aba, von ihrem allerbesten Mädchen«, schreibe ich am Schluss.

Und um Mitternacht, bevor ich diesen Tag in meinem Innern bewahre und schlafen gehe, schreibe ich noch an Noah.

»Sobald ich genug Kraft habe, werde ich dich in deinem neuen Blumenladen besuchen.«